C. S. Lewis

DIE TÜR NACH NARNIA

Deutsch von
Ulla Neckenauer

Annette Betz Verlag

Lewis, Clive S.:
Die Tür nach Narnia / C. S. Lewis [Aus d. Engl. von Ulla Neckenauer].
Wien; München: Betz, 1981.
Einheitssacht.: The silver chair <dt.>
ISBN 3-7641-0234-9

B 250/2

Originaltitel »The Silver Chair«, erschienen in den Verlagen Geoffrey Bles 1953 und William Collins Sons & Co. Ltd 1974

Umschlag und Illustrationen von Rolf Rettich

Gesamtherstellung: Salzer - Ueberreuter, Wien
Printed in Vienna

Hinter der Turnhalle

Es war ein trüber Herbsttag, und Jill weinte hinter der Turnhalle. Sie weinte, weil man sie tyrannisiert hatte. Dies soll keine Schulgeschichte werden, und deshalb will ich über Jills Schule – die kein sehr schönes Thema abgibt – nicht viel sagen. Es war ein gemischtes Internat, das also sowohl Jungen als auch Mädchen beherbergte, und manche sagten, es sei längst nicht so »gemischt« wie die Köpfe der Leute, die es leiteten. Diese Leute meinten nämlich, man müsse die Jungen und Mädchen alles tun lassen, was ihnen Spaß machte. Und zehn oder fünfzehn der älteren Jungen und Mädchen machte es leider am meisten Spaß, die anderen zu tyrannisieren. So spielten sich dort schreckliche Sachen ab, die man an jeder normalen Schule schon bald entdeckt und verboten hätte. Doch hier geschah das nicht. Und selbst wenn etwas herauskam, warf man die Beteiligten nicht etwa hinaus oder bestrafte sie. Die Schulleiterin sagte dann nur, es wären psychologisch interessante Fälle. Sie ließ die Missetäter holen und unterhielt sich stundenlang mit ihnen. Und wenn man wußte, wie man mit ihr reden mußte, war man hinterher sogar noch beliebter bei ihr als zuvor.

Und deshalb stand Jill an diesem trüben Herbsttag auf dem feuchten kleinen Pfad, der zwischen der Rückseite der Turnhalle und dem angrenzenden Gebüsch verlief, und weinte. Sie hatte sich noch nicht ausgeweint, als ein Junge pfeifend und mit den Händen in den Hosentaschen um die Ecke der Turnhalle kam und um ein Haar mit ihr zusammenprallte.

»Kannst du nicht aufpassen?« fragte Jill.

»Schon gut«, meinte der Junge. »Du brauchst dich nicht . . .« Dann sah er ihr Gesicht. »O je, Jill«, sagte er. »Was ist denn los?«

Jill verzog das Gesicht, als wollte sie gleich wieder anfangen zu weinen.

»Es waren vermutlich wieder *die* – wie immer«, sagte der Junge grimmig und versenkte die Hände noch tiefer in den Taschen.
Jill nickte. Es bedurfte keiner weiteren Erklärung. Sie wußten beide Bescheid.
»Hör mal«, sagte der Junge. »Es hat keinen Zweck, wenn wir . . .«
Er meinte es gut, aber es sah ganz danach aus, als wolle er ihr eine Predigt halten. Jill wurde plötzlich wütend (was ganz verständlich ist, wenn man mitten im Weinen unterbrochen wird).
»Ach, laß mich in Ruhe, und kümmere dich um deine eigenen Angelegenheiten!« sagte sie. »Keiner hat dich hergebeten, oder? Es ist wirklich ganz reizend von dir, mir zu erklären, was wir tun sollen! Vermutlich meinst du, wir sollten *denen* in den Hintern kriechen, ihnen Gefallen tun und um sie herumschwänzeln, so, wie du das machst!«
»Ach Gott!« sagte der Junge, setzte sich auf die grasbewachsene Böschung vor das Gebüsch und stand rasch wieder auf, weil der Boden klitschnaß war. Er hatte das Pech, Eustachius Knilch zu heißen, aber ansonsten war er ganz nett.
»Jill!« sagte er. »Das ist nicht fair! Habe ich in diesem Quartal irgend etwas Derartiges getan? Habe ich mich nicht wegen des Kaninchens gegen Carter gestellt? Und habe ich nicht in der Sache mit Spivvins dichtgehalten – sogar als man mich gefoltert hat? Und habe ich nicht . . .«
»Ich w-weiß nicht, und es ist mir auch egal«, schluchzte Jill.
Eustachius sah, daß sie noch völlig außer sich war, und so bot er ihr vernünftigerweise ein Pfefferminzbonbon an. Er nahm auch eines. Kurz darauf sah Jill schon um einiges klarer.
»Tut mir leid, Eustachius«, sagte sie. »Das war nicht fair. Du hast ja wirklich all diese Dinge getan – in diesem Schulquartal.«
»Dann vergiß die Zeit davor«, bat Eustachius. »Damals war ich noch ganz anders. Ich war – puh! Was war ich doch für ein Scheusal!«
»Ehrlich, das warst du«, sagte Jill.
»Du glaubst also, daß ich mich geändert habe?« fragte Eustachius.
»Nicht nur ich«, sagte Jill. »Das sagen alle. Selbst *sie* haben es gemerkt. Eleanor hat gestern in unserem Umkleidesaal gehört, wie Adela darüber sprach. Sie sagte: ›Irgend jemand hat diesen Knilch beeinflußt. Mit ihm ist in diesem Schulquartal nichts anzufangen. Wir müssen uns demnächst um *ihn* kümmern.‹«
Eustachius schüttelte sich. Alle in der Experimentalschule wußten, was es bedeutete, wenn *die* sich »um jemand kümmerten«.

Beide Kinder schwiegen ein Weilchen. Von den Blättern des Lorbeerbusches fielen die Tropfen.
»Warum warst du im letzten Schulquartal so anders?« fragte Jill dann.
»In den Ferien sind mir eine Menge komische Sachen passiert«, sagte Eustachius geheimnisvoll.
»Was für Sachen?« wollte Jill wissen.
Eustachius antwortete lange nicht. Dann sagte er:
»Schau mal, Jill, du und ich, wir verabscheuen doch diese Schule hier aus ganzem Herzen, oder?«
»Ich ganz bestimmt«, sagte Jill.
»Ich glaube, dann kann ich dir vertrauen.«
»Verdammt nett von dir«, meinte Jill.
»Ja, aber es ist wirklich ein ganz ungeheures Geheimnis. Jill, kannst du Dinge glauben, über die jeder andere lachen würde?«
»Ich hatte bisher noch nie Gelegenheit dazu«, sagte Jill. »Aber ich meine schon.«
»Könntest du mir glauben, wenn ich dir sagte, ich sei in den letzten Ferien in einer anderen Welt gewesen?«
»Ich weiß nicht, was du damit meinst.«
»Na ja, vergessen wir das mit der Welt. Nimm mal an, ich würde dir erzählen, ich sei an einem Ort gewesen, wo die Tiere sprechen können und wo es – hm – Zauberwesen und Drachen und – nun, all die Dinge gibt, von denen man im Märchen liest.« Eustachius war schrecklich verlegen, als er dies sagte, und wurde rot.
»Wie bist du dort hingekommen?« fragte Jill. Auch sie war ganz verlegen.
»Auf dem einzig möglichen Weg – durch Zauberei«, antwortete Eustachius fast flüsternd. »Ich war mit meiner Kusine und meinem Vetter zusammen, und wir wurden einfach weggezaubert. Sie waren schon vorher dort gewesen.«
Jetzt, wo sie sich flüsternd unterhielten, war es für Jill irgendwie leichter, ihm zu glauben. Dann kam ihr plötzlich ein schrecklicher Verdacht, und sie sagte so wild, daß sie einen Augenblick lang wie ein Tiger aussah:
»Wenn du dich über mich lustig machst, dann rede ich nie mehr mit dir – nie mehr, nie mehr, nie mehr!«
»Das tu ich nicht«, sagte Eustachius. »Ich schwöre es dir. Ich schwöre es bei – bei allem.«
»Gut«, sagte Jill. »Ich glaube dir.«

»Und du erzählst es keinem weiter?«
»Wofür hältst du mich?«
Während dieser Unterhaltung hatten sie beide vor Aufregung rote Ohren bekommen. Aber als sich Jill dann umschaute und den trüben Herbsthimmel sah und das Tropfen der Blätter hörte und an die schreckliche Schule dachte (das Schulquartal hatte dreizehn Wochen, und elf lagen noch vor ihr), sagte sie:
»Aber was nutzt es denn schon? Wir sind nicht dort: wir sind hier. Und wir können auch nicht hin. Oder doch?«
»Darüber habe ich gerade nachgedacht«, sagte Eustachius. »Als wir von dort zurückkamen, da sagte ein gewisser Jemand, Lucy und Edmund – das sind meine Kusine und mein Vetter – könnten nie mehr hin. Sie waren nämlich schon dreimal dort, und mehr stand ihnen vermutlich nicht zu. Aber dieser Jemand sagte nicht, ich dürfe auch nicht mehr hin. Und so muß ich immer daran denken, können wir – könnten wir . . .?«
»Meinst du, wir sollten etwas Bestimmtes tun, damit es geschieht?«
Eustachius nickte.
»Meinst du, wir sollten einen Kreis auf die Erde malen – und mit komischen Buchstaben etwas hineinschreiben – und uns in den Kreis stellen – und Zauberformeln aufsagen?«
»Nun«, sagte Eustachius, nachdem er ein Weilchen angestrengt nachgedacht hatte. »Ich glaube, so etwas Ähnliches habe ich mir vorgestellt. Aber jetzt, wo ich darüber nachdenke, scheint mir, daß dieser ganze Hokuspokus Mist ist. Ich glaube nicht, daß ihm so etwas gefällt. Eigentlich können wir ihn nur persönlich darum bitten.«
»Wer ist diese Person, von der du dauernd redest?«
»Dort wird er Aslan genannt«, sagte Eustachius.
»Was für ein eigenartiger Name!«
»Der Name ist längst nicht so eigenartig wie Aslan selbst«, sagte Eustachius feierlich. »Aber komm! Es kann nicht schaden, ihn zu fragen. Wir stellen uns Seite an Seite auf. Und dann strecken wir die Arme nach vorne, mit den Handflächen nach unten: so, wie sie es auf der Insel Ramandus getan haben . . .«
»Wessen Insel?«
»Das erzähle ich dir ein anderes Mal. Und vermutlich sollten wir uns nach Osten wenden. Warte mal, wo ist Osten?«
»Ich weiß nicht«, sagte Jill.
»Es ist komisch, daß die Mädchen nie die Himmelsrichtungen kennen«, stellte Eustachius fest.

»Du kennst sie ja auch nicht«, sagte Jill empört.
»Doch, das tue ich – wenn du nur aufhören würdest, mich dauernd zu unterbrechen. Jetzt hab' ich's. Dort ist Osten, da, wo die Lorbeerbüsche stehen. Also, sprichst du mir die Worte nach?«
»Welche Worte?« fragte Jill.
»Die Worte, die ich dir vorsage, natürlich«, antwortete Eustachius. »Also . . .«
Und er begann: »Aslan, Aslan, Aslan!«
»Aslan, Aslan, Aslan«, wiederholte Jill.
»Bitte laß uns beide nach . . .«
In diesem Augenblick schallte eine Stimme von der anderen Seite der Turnhalle her. »Jill Pole? Ja. Ich weiß, wo die ist. Sie flennt hinter der Turnhalle. Soll ich sie holen?«
Jill und Eustachius warfen sich einen Blick zu, tauchten unter die Lorbeerbüsche und krochen mit beachtlicher Geschwindigkeit die steile Böschung ins Gebüsch hinauf. (Aufgrund der eigenartigen Lehrmethoden an der Experimentalschule lernte man zwar nicht viel Französisch, Mathematik, Latein und ähnliche Sachen, aber man lernte eine Menge darüber, wie man sich schnell und leise verdrücken konnte, wenn *die* nach einem suchten.)
Nachdem sie eine Minute lang vorwärts gekrochen waren, hielten sie an und lauschten. An den Geräuschen in ihrem Rücken hörten sie, daß sie verfolgt wurden.
»Wenn nur die Tür offen wäre!« sagte Eustachius beim Weiterkriechen, und Jill nickte. Denn hinter dem Gebüsch war eine hohe Steinmauer, und in dieser Mauer war eine Tür, die auf das offene Moor hinausführte. Diese Tür war fast immer abgeschlossen. Aber einige Male war sie nicht abgeschlossen gewesen – oder vielleicht auch nur ein einziges Mal. Aber ihr könnt euch sicher vorstellen, daß die Erinnerung an dieses eine Mal in den Schülern Hoffnungen erweckte, und sie versuchten die Tür immer wieder. Denn wenn diese Tür offen sein sollte, so war das eine phantastische Möglichkeit, das Schulgelände unbemerkt zu verlassen.
Jill und Eustachius, die von der Herumkriecherei unter dem Lorbeergebüsch inzwischen sehr verschwitzt und schmutzig waren, rannten keuchend zur Mauer. Und da war die Tür, und wie immer war sie zu.
»Wir haben bestimmt kein Glück«, sagte Eustachius, die Hand auf der Klinke. Und dann rief er: »Oh! Meine Güte!« Denn die Klinke gab nach, und die Tür öffnete sich.
Noch einen Augenblick zuvor hatten beide vorgehabt, wie der Blitz

durch die Tür zu verschwinden, falls sie zufällig offen sein sollte. Aber als sie dann tatsächlich aufging, blieben sie beide stocksteif stehen. Denn was sie da sahen, war ganz und gar nicht das, was sie erwartet hatten.

Sie hatten damit gerechnet, vor sich das graue, mit Heidekraut bewachsene Moor zu sehen, das sich bis zum Horizont erstreckte, wo es schließlich mit dem trüben Herbsthimmel verschmolz. Statt dessen herrschte dort draußen strahlender Sonnenschein. Er strömte durch die Tür herein, so, wie an einem Junitag das Licht in eine Garage fällt, wenn man das Tor öffnet. Die Tropfen auf dem Gras funkelten plötzlich wie Perlen, und man konnte den Schmutz auf Jills verweintem Gesicht sehen. Und das, was die beiden Kinder vor sich erblickten, sah tatsächlich aus wie eine andere Welt. Da gab es weichen Rasen, weicher und leuchtender als alles, was Jill jemals gesehen hatte, und blauen Himmel, und in der Luft flatterte es und funkelte, daß man nicht wußte, ob es Juwelen oder riesige Schmetterlinge waren.

Obwohl Jill sich nach so etwas Ähnlichem gesehnt hatte, bekam sie jetzt Angst. Sie warf einen Blick auf das Gesicht von Eustachius und sah, daß es ihm genauso ging.

»Komm, Jill«, sagte er mit atemloser Stimme.

»Können wir auch wieder zurück?« fragte Jill.

In diesem Moment erklang von hinten eine böse, gehässige Stimme. »Jill Pole! Wir wissen, daß du da oben bist. Komm herunter!« Es war die Stimme von Edith Jackle. Sie gehörte zwar nicht zu *denen*, aber sie trieb sich mit ihnen herum und trug ihnen alle Neuigkeiten zu.

»Rasch!« sagte Eustachius. »Hier. Halte meine Hand. Wir dürfen nicht getrennt werden.« Und bevor sie sich richtig darüber im klaren war, was da passierte, hatte er ihre Hand gepackt und sie durch die Tür gezogen – hinaus aus dem Schulgelände, hinaus aus England, hinaus aus unserer Welt und hinein in diese andere Welt.

Die Stimme von Edith Jackle brach genauso abrupt ab wie eine Stimme im Radio, wenn man es abschaltet. Und im gleichen Augenblick waren sie von einem ganz anderen Geräusch umgeben. Es kam von den funkelnden Geschöpfen über ihnen, die sich jetzt als Vögel entpuppten. Sie machten furchtbar viel Lärm, aber es hörte sich eher an wie Musik – wie ziemlich moderne Musik, die man nicht gleich beim ersten Mal so ganz begreift – und nicht wie Vogelstimmen aus unserer Welt. Und trotz des Gesangs herrschte im Hintergrund eine gewaltige Stille. Diese Stille, in Verbindung mit der Frische der Luft, brachte Jill auf den Gedanken, sie müßten sich auf der Spitze eines sehr hohen Berges befinden.

Eustachius hielt immer noch ihre Hand, uns so gingen sie weiter, während sie sich nach allen Seiten umschauten. Jill sah, daß überall riesige Bäume wuchsen. Sie sahen aus wie Zedern, waren aber größer. Doch da sie weit voneinander standen und zwischen ihnen kein Unterholz wuchs, konnte man nach links und nach rechts dennoch tief in den Wald hineinsehen. So weit Jills Augen reichten, setzte sich das Bild unverändert fort – ebene Grasflächen, hin und her fliegende Vögel mit gelbem, libellenblauem oder regenbogenfarbenem Gefieder, blaue Schatten und Leere. Kein Windhauch war in dieser kühlen, strahlenden Luft zu spüren. Es war ein sehr einsamer Wald.
Genau vor ihnen war kein Wald: nur blauer Himmel. Sie gingen schweigend geradeaus weiter, bis Eustachius plötzlich »Paß auf!« rief und Jill zurückzog. Sie standen am äußersten Rand eines Felsens.
Jill gehörte zu den Glücklichen, denen auch in großer Höhe nicht schwindlig wird. So machte es ihr überhaupt nichts aus, am Rand eines Abgrunds zu stehen. Sie ärgerte sich ein wenig, weil Eustachius sie zurückzog – »Geradeso, als wäre ich ein kleines Kind!« –, und riß sich los. Als sie sah, wie schrecklich blaß er geworden war, sagte sie voller Verachtung: »Was ist denn los?« Und um ihm zu zeigen, daß sie keine Angst hatte, stellte sie sich ganz nah an den Abgrund – einen Schritt näher, als es ihr eigentlich gefiel. Dann schaute sie hinunter.
Jetzt sah sie, daß Eustachius nicht ohne Grund so blaß geworden war, denn auf der ganzen Welt gab es keinen Felsen, den man mit dem hier hätte vergleichen können. Stell dir vor, du stündest auf der Spitze des allerhöchsten Felsens, den du kennst. Und stell dir vor, daß du bis zur tiefsten Stelle hinunterschaust. Un dann stell dir vor, der Abgrund wäre noch einmal so tief, zehnmal so tief, zwanzigmal so tief. Und stell dir weiter vor, du würdest ganz da unten weiße Fleckchen sehen, die du auf den ersten Blick vielleicht für Schafe hieltest, bis du dann plötzlich merkst, daß es Wolken sind – keine weißen Nebelfetzen, nein, riesige weiße, bauschige Wolken, so groß wie Berge. Und schließlich würdest du zwischen diesen Wolken den ersten Blick auf den Erdboden erhaschen, und der wäre so weit weg, daß man nicht sehen könnte, ob dort Felder oder Wälder, Land oder Wasser ist. Und die Entfernung von den Wolken zum Boden wäre noch größer als zwischen dir und den Wolken.
Jill starrte hinunter. Und dann wäre sie eigentlich gern ein paar Schritte zurückgetreten; aber sie hatte Bedenken, was Eustachius wohl von ihr halten mochte. Dann faßte sie plötzlich den Entschluß, daß es ihr egal war, was er von ihr hielt, daß sie jetzt einfach von die-

sem schrecklichen Abgrund weg mußte und daß sie nie mehr irgend jemand auslachen würde, der Angst vor großen Höhen hatte. Aber sie stellte plötzlich fest, daß sie sich nicht bewegen konnte. Ihre Knie waren ganz weich geworden, und alles verschwamm vor ihren Augen.

»Was machst du denn, Jill? Komm zurück – du blöde Kuh!« rief Eustachius. Aber seine Stimme schien von weit her zu kommen. Jill spürte, wie er nach ihr griff. Aber sie hatte die Herrschaft über ihre Arme und Beine verloren. Einen Augenblick lang rangen sie am Rand des Felsens miteinander. Jill hatte so schreckliche Angst, und ihr war so schwindlig, daß sie nicht mehr wußte, was sie tat. Aber an zwei Dinge erinnerte sie sich für den Rest ihres Lebens (und oft kehrten sie in ihren Träumen zurück). Das eine war, daß sie sich aus Eustachius' Griff losriß, das zweite, daß Eustachius im gleichen Augenblick das Gleichgewicht verlor und mit einem Schrei in die Tiefe stürzte.

Glücklicherweise hatte sie keine Zeit, darüber nachzudenken, was sie getan hatte. Ein riesiges Tier in einer leuchtenden Farbe kam zum Rand des Felsens gerannt. Es legte sich nieder, lehnte sich hinaus und (das war das komische) – blies. Es brüllte nicht, es schnaubte nicht, nein – mit weitgeöffnetem Maul blies es so gleichmäßig, wie ein Staubsauger saugt. Jill lag so nah bei dem Geschöpf, daß sie spürte, wie der Atem gleichmäßig den Körper des Tieres durchströmte und ihn zum Erbeben brachte. Sie lag regungslos da, weil sie nicht aufstehen konnte. Sie war fast bewußtlos: tatsächlich wäre sie nur allzu gerne richtig bewußtlos geworden, doch leider wird man nicht einfach auf Wunsch bewußtlos. Schließlich sah sie, wie tief unter ihr ein winziger schwarzer Fleck von der Felswand weg und leicht nach oben schwebte. Beim Hähersteigen entfernte er sich. Als er sich fast auf gleicher Höhe mit der Felsenspitze befand, war er schon so weit, daß sie ihn aus den Augen verlor. Offensichtlich bewegte er sich mit großer Geschwindigkeit. Jill wurde den Gedanken nicht los, daß ihn das Geschöpf an ihrer Seite fortblies.

Sie drehte sich um und schaute das Tier an. Es war ein Löwe.

Jill wird eine Aufgabe erteilt

Ohne einen Blick auf Jill erhob sich der Löwe und blies ein letztes Mal. Dann, als wäre er mit seiner Arbeit zufrieden, drehte er sich um und tapste langsam zurück in den Wald.

Es muß ein Taum sein, ganz bestimmt, sagte sich Jill. Ich werde jeden Moment aufwachen. Aber es war kein Traum, und sie wachte auch nicht auf.
Ich wollte, wir wären nie an diesen schrecklichen Ort gekommen, dachte sie. Ich glaube, Eustachius wußte auch nicht mehr darüber als ich. Und wenn er das tat, dann hätte er mich nie hierherbringen dürfen, ohne mich zu warnen. Es war nicht meine Schuld, daß er von dem Felsen gestürzt ist. Hätte er mich in Ruhe gelassen, wäre keinem von uns etwas passiert. Dann fiel ihr wieder der Schrei ein, den Eustachius ausgestoßen hatte, als er abgestürzt war, und sie brach in Tränen aus.
Weinen ist ganz gut, solange es anhält. Aber früher oder später muß man aufhören, und dann muß man sich doch entschließen, etwas anderes zu tun. Als Jill aufhörte, merkte sie, daß sie schrecklich durstig war. Sie hatte mit dem Gesicht nach unten gelegen, und jetzt stand sie auf. Die Vögel hatten aufgehört zu singen, und es herrschte vollkommene Stille, abgesehen von einem leisen, beharrlichen Geräusch, das von weit her zu kommen schien. Sie lauschte aufmerksam und war fast sicher, daß es das Geräusch von fließendem Wasser war.
Jill stand auf und sah sich aufmerksam um. Der Löwe war nirgends zu sehen; aber es gab so viele Bäume, und es war durchaus möglich, daß er sich ganz in der Nähe befand und sie ihn nur nicht sah. Vielleicht gab es sogar mehrere Löwen. Aber ihr Durst war inzwischen so schlimm, daß sie ihren ganzen Mut zusammennahm und sich aufmachte, um das Wasser zu finden. Sie ging auf Zehenspitzen, schlich vorsichtig von Baum zu Baum und blieb nach jedem Schritt stehen, um sich umzusehen.
Im Wald war es so still, daß es nicht schwierig war, dem Geräusch nachzugehen. Es wurde immer lauter, und früher als erwartet kam sie zu einer Lichtung und sah den Bach, der funkelnd wie Glas kaum einen Steinwurf entfernt die Grasfläche durchschnitt. Aber obwohl sie jetzt, wo sie das Wasser sah, noch zehnmal durstiger war als zuvor, rannte sie nicht darauf zu, um zu trinken. Sie stand mit weitgeöffnetem Mund so regungslos da, als hätte man sie in einen Stein verwandelt. Und dafür hatte sie auch guten Grund, denn genau vor ihr am Bach lag der Löwe.
Er hatte den Kopf erhoben und seine beiden Vorderpfoten vor sich gelegt, genau wie die Löwen auf dem Trafalgar Square. Jill wußte, daß er sie gesehen hatte, denn seine Augen schauten einen Augenblick lang geradewegs in die ihren und wandten sich dann ab – so als kenne er sie recht gut und hielte nicht sehr viel von ihr.

Wenn ich wegrenne, ist er im nächsten Moment hinter mir her, dachte Jill. Und wenn ich weitergehe, renne ich ihm geradewegs in den Rachen. Sowieso hätte sie sich nicht rühren können, selbst wenn sie es versucht hätte. Sie schaffte es auch nicht, die Augen von ihm zu wenden. Sie wußte nicht sicher, wie lange das andauerte, aber es erschien ihr wie Stunden. Und ihr Durst wurde so schlimm, daß es ihr fast schon egal war, ob der Löwe sie fraß, wenn sie nur einen Schluck Wasser bekam.

»Wenn du durstig bist, darfst du trinken.«

Das waren die ersten Worte, die sie hörte, seit Eustachius abgestürzt war. Eine Sekunde lang starrte sie hierhin und dorthin und fragte sich, wer da wohl gesprochen haben mochte. Dann sagte die Stimme noch einmal: »Wenn du durstig bist, komm her und trink«, und jetzt erinnerte sie sich, daß Eustachius ihr gesagt hatte, in dieser anderen Welt könnten die Tiere sprechen. Und da wurde ihr klar, daß es der Löwe sein mußte, der da sprach. Außerdem hatte sie diesmal gesehen, daß sich seine Lippen bewegt hatten. Auch war die Stimme nicht wie die eines Menschen. Sie war tiefer, wilder und kraftvoller; es war so etwas wie eine schwere, goldene Stimme. Zwar nahm sie ihr nicht die Angst, aber die Angst veränderte sich.

»Bist du nicht durstig?« fragte der Löwe.

»Ich sterbe vor Durst«, sagte Jill.

»Dann trink«, antwortete der Löwe.

»Darf ich – kann ich – würde es dir etwas ausmachen, so lange wegzugehen?« fragte Jill.

Der Löwe beantwortete dies lediglich mit einem Blick und einem sehr tiefen Brummen. Und als Jill seinen regungslosen Körper anschaute, wurde ihr klar, daß sie genausogut den ganzen Berg hätte bitten können, zu ihrer Bequemlichkeit beiseite zu rücken.

Das köstliche Plätschern des Baches trieb sie fast zum Wahnsinn.

»Versprichst du, mir – nichts zu tun?« fragte Jill.

»Ich verspreche nichts«, entgegnete der Löwe.

Jill war inzwischen so durstig, daß sie einen Schritt näher gekommen war, ohne es zu merken.

»Frißt du Mädchen?« fragte sie.

»Ich habe Mädchen und Jungen, Frauen und Männer, Könige und Kaiser, Städte und Länder verschlungen«, sagte der Löwe. Er sagte das nicht so, als wolle er damit angeben, und auch nicht so, als täte es ihm leid oder als sei er ärgerlich. Er sagte es nur einfach so.

»Ich traue mich nicht«, sagte Jill.

»Dann wirst du verdursten«, sagte der Löwe.
»O je!« Jill kam noch einen Schritt näher. »Dann muß ich mich wohl auf den Weg machen und einen anderen Bach suchen.«
»Es gibt keinen anderen Bach«, sagte der Löwe.
Jill kam nicht auf den Gedanken, die Worte des Löwen anzuzweifeln – keiner tat das, der sein ernstes Gesicht jemals gesehen hatte –, und so faßte sie plötzlich einen Entschluß. Es war das Schlimmste, was sie jemals hatte tun müssen, aber sie trat vor zum Bach, kniete sich nieder und begann, mit der Hand Wasser zu schöpfen. Es war das kälteste und erfrischendste Wasser, das sie je gekostet hatte. Man brauchte nicht viel davon zu trinken, denn es löschte sofort den Durst. Vor dem Trinken hatte sie vorgehabt, sofort wegzurennen, sobald sie getrunken hatte. Jetzt wurde ihr klar, daß dies sicher das Gefährlichste war, was sie tun konnte. Sie stand auf und blieb stehen. Ihre Lippen waren noch feucht vom Wasser.
»Komm her«, sagte der Löwe. Und sie mußte ihm gehorchen. Sie stand jetzt fast zwischen seinen Vorderpfoten und schaute ihm geradewegs ins Gesicht. Doch lange hielt sie das nicht aus. Sie senkte die Augen.
»Menschenkind«, sagte der Löwe. »Wo ist der Junge?«
»Er stürzte vom Felsen«, sagte Jill und fügte hinzu: »Herr.« Sie wußte nicht, wie sie ihn sonst hätte anreden sollen, und es klang unhöflich, gar keine Anrede zu benutzen.
»Wie ist das passiert, Menschenkind?«
»Er hat versucht, mich am Hinunterstürzen zu hindern, Herr.«
»Warum standest du so nah am Rand, Menschenkind?«
»Ich wollte angeben, Herr.«
»Das ist eine sehr gute Antwort, Menschenkind. Tu es nicht wieder. Und nun« – und jetzt wurde das Gesicht des Löwen zum ersten Mal ein wenig weicher – »der Junge ist in Sicherheit. Ich habe ihn nach Narnia geblasen. Aber durch das, was du getan hast, wird deine Aufgabe schwerer werden.«
»Welche Aufgabe bitte, Herr?« fragte Jill.
»Die Aufgabe, um derentwillen ich dich und ihn aus eurer Welt gerufen habe.«
Das verwirrte Jill sehr. Er muß mich mit jemandem verwechseln, dachte sie. Sie wagte nicht, dies dem Löwen zu sagen, obwohl sie das Gefühl hatte, es müsse ein schreckliches Durcheinander geben, falls sie es ihm nicht sagte.
»Sprich aus, was du denkst, Menschenkind«, sagte der Löwe.

»Ich habe überlegt . . . ich meine . . . liegt da vielleicht ein Irrtum vor? Weißt du, uns hat nämlich keiner gerufen. Wir haben darum gebeten, hierherkommen zu dürfen. Eustachius sagte, wir müßten . . . einen Namen rufen – jemand, den ich nicht kannte –, und dieser Jemand würde uns vielleicht hierherkommen lassen. Und das taten wir, und dann fanden wir die Tür offen.«

»Ihr hättet mich nicht gerufen, wenn *ich* euch nicht gerufen hätte«, sagte der Löwe.

»Dann bist du also dieser Jemand, Herr?« fragte Jill.

»Das bin ich. Und dies ist deine Aufgabe. Weit von hier im Lande Narnia lebt ein betagter König. Er ist traurig, weil es keinen Prinzen seines Blutes gibt, der nach ihm König werden könnte. Er hat keinen Erben, weil ihm sein einziger Sohn vor vielen Jahren geraubt wurde, und keiner in Narnia weiß, wo sich dieser Prinz aufhält und ob er noch am Leben ist. Doch das ist er. Ich gebe dir den Auftrag, nach dem verlorenen Prinzen zu suchen, bis du ihn gefunden und zum Haus seines Vaters gebracht hast; oder bis du bei diesem Versuch dein Leben lassen mußtest oder in deine eigene Welt zurückgekehrt bist.«

»Wie soll ich vorgehen, bitte?« fragte Jill.

»Ich werde es dir sagen, Kind«, begann der Löwe. »Dies sind die Zeichen, durch die ich dich bei deiner Suche leiten werde. Erstens: Sobald der Junge namens Eustachius seinen Fuß auf Narnia setzt, wird er einen lieben alten Freund treffen. Diesen Freund muß er sogleich begrüßen; wenn er dies tut, wird euch gute Hilfe zuteil werden. Zweitens: Ihr müßt aus Narnia heraus nach Norden gehen, bis ihr zur Ruinenstadt der alten Riesen kommt. Drittens: Ihr werdet auf einem Stein der Ruinenstadt Worte geschrieben finden, und ihr müßt befolgen, was euch diese Worte auftragen. Viertens: Ihr werdet den verschollenen Prinzen – sofern ihr ihn findet – daran erkennen, daß er die erste Person auf eurer Reise sein wird, die euch bittet, in meinem Namen – im Namen Aslans – etwas Bestimmtes zu tun.«

Da der Löwe geendet zu haben schien, hatte Jill das Gefühl, sie müsse etwas sagen. So sagte sie: »Vielen herzlichen Dank. Ich verstehe.«

»Kind«, sagte Aslan mit sanfterer Stimme als bisher, »vielleicht verstehst du nicht so gut, wie du meinst. Aber der erste Schritt ist, dir alles gut zu merken. Wiederhole die vier Zeichen in der richtigen Reihenfolge.«

Jill versuchte es, aber es gelang ihr nicht so recht. Der Löwe korrigierte sie und ließ Jill die Zeichen wieder und wieder aufsagen, bis sie

alles genau wiederholen konnte. Er war sehr geduldig, und so faßte Jill anschließend den Mut, ihn zu fragen:
»Bitte, wie komme ich nach Narnia?«
»Auf meinem Atem«, sagte der Löwe. »Ich werde dich in den Westen der Welt blasen, so, wie ich Eustachius geblasen habe.«
»Werde ich ihn rechtzeitig einholen, um ihm das erste Zeichen zu sagen? Aber ich nehme an, daß dies nicht so wichtig ist. Wenn er einen alten Freund trifft, wird er doch sicher hingehen und ihn begrüßen, oder nicht?«
»Du hast keine Zeit zu verlieren«, sagte der Löwe. »Deshalb muß ich dich sofort losschicken. Komm. Geh vor mir her zum Rand des Felsens.«
Jill wußte sehr wohl, daß es ihre eigene Schuld war, daß die Zeit drängte. Wenn ich mich nicht so dumm angestellt hätte, würden Eustachius und ich jetzt zusammen gehen. Und er hätte genau wie ich die Anweisungen erhalten, dachte sie. Deshalb tat sie, was man ihr befohlen hatte. Es war sehr beängstigend, zum Felsrand zurückzugehen, vor allem weil der Löwe nicht neben ihr, sondern hinter ihr ging – völlig geräuschlos auf seinen samtenen Pfoten.
Aber lange bevor sie den Rand erreicht hatte, sagte die Stimme hinter ihr: »Steh still. Gleich werde ich blasen. Aber zuerst: Vergiß die Zeichen nicht, vergiß die Zeichen nicht. Sag sie vor dich hin, wenn du am Morgen aufstehst, wenn du dich am Abend niederlegst und wenn du mitten in der Nacht erwachst. Und welch seltsame Dinge dir auch zustoßen mögen – laß dich nicht davon abbringen, den Zeichen zu folgen. Und zweitens will ich dich warnen. Hier auf dem Berg habe ich klar zu dir gesprochen: das werde ich unten in Narnia nicht oft tun. Hier auf dem Berg ist die Luft klar, und klar ist auch dein Geist; weiter unten wird die Luft dicker. Hüte dich davor, daß sie deinen Geist verwirrt. Und die Zeichen, die du hier gelernt hast, werden dort, wenn du ihnen begegnest, ganz und gar nicht so aussehen, wie du erwartet hast. Deshalb ist es so wichtig, sie auswendig zu wissen und auf den äußeren Anschein nicht zu achten. Merke dir die Zeichen und glaube an sie. Alles andere ist unwichtig. Und nun, Tochter Evas, leb wohl . . .«
Die Stimme war am Ende immer leiser geworden, und jetzt verstummte sie ganz. Jill sah sich um. Zu ihrem Erstaunen lag die Felsspitze schon mehr als hundert Meter hinter ihr, und der Löwe war nur noch ein leuchtend goldener Fleck am Felsenrand. Sie hatte in Erwartung eines schrecklichen Atemstoßes des Löwen die Zähne zu-

sammengebissen und die Fäuste geballt; aber in Wirklichkeit war der Atem so sanft gewesen, daß sie nicht einmal gemerkt hatte, wie sie vom Boden abgehoben wurde. Und jetzt lag unter ihr Tausende und Abertausende Meter weit nichts als Luft.

Sie hatte nur einen Augenblick lang Angst. Zum einen lag die Welt unter ihr so weit weg, daß sie nichts mit ihr zu tun haben schien. Und zum anderen war es unbeschreiblich schön, auf dem Atem des Löwen zu schweben. Sie merkte, daß sie auf dem Rücken und auf dem Bauch liegen und sich nach allen Richtungen bewegen konnte, genau wie im Wasser (wenn man gelernt hat, sich auf dem Wasser mühelos treiben zu lassen). Und weil sie sich mit der Geschwindigkeit des Atems bewegte, spürte sie keinen Wind, und die Luft war herrlich warm. Es war ganz und gar nicht so wie in einem Flugzeug, denn es gab keinen Lärm und keine Vibrationen. Wenn Jill jemals mit einem Ballon geflogen wäre, so hätte sie es eher damit verglichen; nur war das hier viel schöner.

Als sie jetzt zurückschaute, sah sie zum ersten Mal, wie groß der Berg war, den sie eben verlassen hatte. Sie fragte sich, warum so ein riesiger Berg nicht mit Schnee und Eis bedeckt war ... Aber ich nehme an, daß in dieser Welt viele Dinge anders sind, dachte sich Jill. Dann blickte sie unter sich; aber sie war so hoch oben, daß sie nicht erkennen konnte, ob unter ihr Land oder Wasser lag und mit welcher Geschwindigkeit sie dahinflog.

»Meine Güte! Die Zeichen!« rief Jill plötzlich. »Ich muß sie wiederholen.« Eine Sekunde lang oder zwei ergriff sie Panik, aber dann stellte sie fest, daß sie die Zeichen noch immer richtig aufsagen konnte. Also brauche ich mir darüber keine Sorgen zu machen, dachte sie und legte sich mit einem zufriedenen Seufzer auf die Luft zurück, so als wäre dies ein Sofa.

Also mir scheint, sagte sich Jill ein paar Stunden später, ich habe geschlafen. So was – auf Luft zu schlafen. Ob das vor mir wohl schon einmal jemand getan hat? Ich glaube nicht. Doch – Eustachius vermutlich! Auf der gleichen Strecke, nur einige Zeit vor mir. So, ich will mal sehen, wie es unter mir aussieht.

Was sie sah, war eine riesige, ganz dunkelblaue Ebene. Keine Berge waren zu sehen, aber große weiße Dinger schwebten darüber hinweg. Das müssen Wolken sein, dachte sie. Aber sie sind viel größer als die, welche wir vom Felsen oben gesehen haben. Ich nehme an, sie sind deshalb größer, weil sie näher sind. Ich muß an Höhe verlieren. Diese verdammte Sonne!

Die Sonne, die zu Anfang ihrer Reise hoch über ihr gestanden hatte, schien ihr jetzt in die Augen. Das bedeutete, daß die Sonne vor ihr nach unten wanderte. Eustachius hatte recht, wenn er sagte, Jill hätte nicht viel Ahnung von den Himmelsrichtungen (ob das allerdings ganz allgemein auf Mädchen zutrifft, weiß ich nicht). Andernfalls wäre ihr klargeworden, daß sie fast kerzengerade nach Westen schwebte, als ihr die Sonne in die Augen schien.
Während sie auf die blaue Ebene unter sich starrte, bemerkte sie, daß da und dort kleine Flecken in einer strahlenderen, helleren Farbe zu sehen waren. Es ist das Meer! dachte Jill. Ich glaube, das sind Inseln. Und so war es auch. Jill wäre vielleicht neidisch geworden, hätte sie gewußt, daß Eustachius einige dieser Inseln schon einmal vom Deck eines Schiffes aus gesehen und manche sogar betreten hatte; doch sie wußte es nicht. Dann, etwas später, sah sie, daß sich die blaue Ebene kräuselte und Fältchen warf. Wenn man sich da unten befand, waren diese Fältchen sicher große Wellen. Und nun tauchte am Horizont ein breites, dunkles Band auf, das so rasch breiter und dunkler wurde, daß man es richtiggehend wachsen sah. Das war das erste Zeichen, an dem Jill ablesen konnte, wie rasch sie dahinflog. Sie wußte, daß das breiter werdende Band Land sein mußte.
Plötzlich kam von links (denn der Wind wehte vom Süden her) eine große weiße Wolke auf Jill zugejagt, diesmal auf gleicher Höhe wie sie selbst. Und bevor sie wußte, wie ihr geschah, befand sie sich inmitten des kalten, nassen Nebels. Er nahm ihr den Atem, doch schon einen Augenblick später schwebte sie wieder blinzelnd hinaus ins Sonnenlicht. Ihre Kleider waren ganz naß. (Sie hatte eine Jacke an, einen Pullover, Hosen, Strümpfe und feste Schuhe – in England war es naß und schlammig gewesen an diesem Tag.) Sie hatte an Höhe verloren, als sie wieder aus der Wolke herauskam. Gleich darauf bemerkte sie etwas, worauf sie, wie ich meine, eigentlich hätte gefaßt sein müssen, doch es kam so überraschend, daß sie erschrak. Und zwar waren es Geräusche. Bis zu diesem Zeitpunkt war sie in vollkommener Stille dahingeschwebt. Jetzt hörte sie zum ersten Mal das Brausen der Wellen und das Geschrei von Seemöwen. Und dann roch sie auch das Meer. Jetzt gab es keinen Zweifel mehr an der Geschwindigkeit, mit der sie dahinflog. Sie sah, wie zwei Wellen klatschend und schäumend aufeinandertrafen, aber kaum hatte sie das gesehen, als die Stelle auch schon hundert Meter hinter ihr lag. Das Land kam rasch näher. Weit im Inland sah sie Berge, andere lagen etwas näher zu ihrer Linken. Sie erkannte Buchten und Landzungen,

Wälder und Felder und Streifen sandiger Küste. Das Tosen der Wellen, die sich am Ufer brachen, wurde immer lauter und übertönte die anderen Geräusche des Meeres.
Plötzlich öffnete sich genau vor ihr das Land. Jill näherte sich einer Flußmündung. Sie flog jetzt sehr niedrig, nur noch ein paar Meter über dem Wasser. Der Kamm einer Welle traf sie am Zeh, riesige Schlammassen spritzten auf und durchnäßten sie fast bis zur Hüfte. Jetzt verlor sie an Geschwindigkeit. Statt den Fluß hinaufgetragen zu werden, glitt sie an das Flußufer zu ihrer Linken. Es gab so viel zu sehen, daß sie kaum in der Lage war, alles aufzunehmen: da war ein weicher grüner Rasen, ein Schiff in solch leuchtenden Farben, daß es aussah wie ein riesiges Schmuckstück, Türme und Zinnen, flatternde Fahnen, eine Menschenmenge, bunte Kleider, Rüstungen, Gold, Schwerter. Musik erklang. Alles war sehr verwirrend. Das erste, was sie klar zur Kenntnis nahm, war, daß sie gelandet war und daß sie unter dichten Bäumen nahe am Flußufer stand. Und da, einen Meter von ihr entfernt, stand Eustachius.
Als erstes kam ihr der Gedanke, wie schmutzig, wie unordentlich und unbedeutend er doch alles in allem aussah. Und als zweites dachte sie: Wie naß ich bin!

Die Abfahrt des Königs

Es war die Pracht der Umgebung, die Eustachius so schäbig wirken ließ (und auch Jill, nur konnte sie sich nicht sehen). Ich mache mich am besten sofort daran, dieses prächtige Bild zu beschreiben.
Durch einen Einschnitt zwischen den Bergen, die Jill beim Herankommen im Inland gesehen hatte, fiel das Licht der untergehenden Sonne auf einen flachen Rasen. Jenseits der Rasenfläche erhob sich ein Schloß mit vielen Türmen und Zinnen, auf dem die Wetterfähnchen in der Sonne glitzerten. Es war das schönste Schloß, das Jill jemals gesehen hatte. Am anderen, ihr zugelegenen Ende des Rasens lag ein Kai aus weißem Marmor, und dort war das Schiff vertäut: ein großes Schiff mit hochgezogenem Vorderdeck und hochgezogenem Heck, golden und rot bemalt, mit einer großen Flagge am Mast, vielen flatternden Fähnchen an Deck und einer Reihe silbern glänzender Schilde entlang der Reling. Am Fuße des Landungsstegs stand ein alter Mann, bereit, an Bord zu gehen. Es konnte niemand anders als

der König sein. Er trug einen prächtigen Mantel aus Scharlachtuch, der vorne klaffte und ein silbernes Kettenhemd freigab. Ein schmales, goldenes Diadem ruhte auf seinem Haupt. Sein schneeweißer Bart fiel fast bis zu seiner Mitte. Er stand ziemlich aufrecht da und stütze sich mit einer Hand auf die Schulter eines reichgekleideten Edelmannes, der jünger zu sein schien als er; er selbst war sehr alt und gebrechlich. Er sah aus, als könne ihn ein Windstoß wegblasen, und seine Augen tränten.

Genau vor dem König, der sich umgewandt hatte, um zu seinem Volk zu sprechen, bevor er an Bord ging, stand ein kleiner Sessel auf Rädern, vor den ein kleiner Esel, kaum größer als ein großer Jagdhund, gespannt war. In diesem Sessel saß ein dicker Zwerg. Er war so prächtig gekleidet wie der König, aber weil er so klein und dick war und ganz zusammengekauert zwischen den Kissen saß, war die Wirkung eine völlig andere; er sah aus wie ein formloses kleines Bündel aus Pelz, Samt und Seide. Er war so alt wie der König, aber gesünder und munterer, und er hatte sehr scharfe Augen. Sein unbedeckter Kopf, der unbehaart und ausgesprochen groß war, glänzte in der Sonne wie eine riesige Billardkugel.

Etwas weiter entfernt standen im Halbkreis Gestalten, die Jill sofort als Höflinge erkannte. Allein wegen ihrer Kleidung und Rüstung, die so bunt war wie ein Blumenbeet, lohnte es, sie anzusehen. Aber was Jill wirklich dazu brachte, Augen und Mund sperrangelweit aufzureißen, waren die Leute selbst – sofern »Leute« überhaupt das richtige Wort war. Denn nur jeder fünfte von ihnen war tatsächlich ein Mensch. Die restlichen waren Lebewesen, die man in unserer Welt nie sieht; nämlich Faune, Satyre, Zentauren: für die wußte Jill einen Namen, denn von ihnen hatte sie schon Bilder gesehen. Zwerge gab es auch. Und da waren eine Menge Tiere, die sie ebenfalls kannte: Bären, Dachse, Maulwürfe, Leoparden, Mäuse und verschiedene Vögel. Aber auch sie glichen den Tieren, die man hierzulande unter diesem Namen kennt, nur entfernt. Einige von ihnen waren viel größer – die Mäuse zum Beispiel standen auf den Hinterbeinen und waren mehr als einen halben Meter groß. Aber abgesehen davon sahen sie überhaupt ganz anders aus. An ihrem Gesichtsausdruck konnte man erkennen, daß sie reden und denken konnten wie du und ich.

»Ach du liebe Güte!« entfuhr es Jill. »Also stimmt es.« Aber im nächsten Moment fügte sie hinzu: »Ob sie wohl freundlich sind?«, denn gerade hatte sie am Rand der Gruppe einen oder zwei Riesen und ein paar Lebewesen entdeckt, die sie nicht benennen konnte.

In diesem Augenblick fielen ihr schlagartig Aslan und die Zeichen wieder ein. Die hatte sie in der letzten halben Stunde völlig vergessen.
»Eustachius!« flüsterte sie und packte seinen Arm. »Eustachius, rasch! Siehst du jemand, den du kennst?«
»Aha, *du* bist also auch wieder da!« sagte Eustachius unfreundlich (und das nicht ohne Grund). »Halte gefälligst den Mund, ja? Ich will zuhören!«
»Sei kein Idiot!« sagte Jill. »Wir dürfen keine Sekunde verlieren. Siehst du hier einen alten Freund? Dann mußt du sofort hingehen und ihn begrüßen.«
»Wovon sprichst du eigentlich?« wollte Eustachius wissen.
»Aslan – der Löwe – hat es mir aufgetragen!« sagte Jill verzweifelt. »Ich habe ihn getroffen!«
»Tatsächlich? Was genau hat er gesagt?«
»Er sagte, sobald du deinen Fuß auf Narnia setzt, würdest du einen alten Freund wiedersehen, und den müßtest du sofort begrüßen.«
»Nun, hier ist keiner, den ich jemals gesehen habe, und außerdem weiß ich gar nicht, ob dies überhaupt Narnia ist.«
»Ich dachte, du wärst schon mal hiergewesen«, sagte Jill.
»Dann hast du eben falsch gedacht.«
»Na so was! Du hast mir doch erzählt . . .«
»Sei um Himmels willen still und laß uns hören, was sie sagen!«
Der König sprach zu dem Zwerg, aber Jill konnte nicht verstehen, was er sagte. Soweit sie erkennen konnte, gab der Zwerg keine Antwort, er nickte nur und wackelte mehrmals mit dem Kopf. Dann erhob der König die Stimme und sprach zu seiner ganzen Gefolgschaft: aber seine Stimme war so schwach und brüchig, daß Jill sehr wenig von seiner Ansprache verstand – vor allem, da sie nur von Leuten und Orten handelte, von denen sie noch nie gehört hatte. Als die Rede zu Ende war, beugte sich der König nieder und küßte den Zwerg auf beide Wangen. Dann richtete er sich auf, erhob die rechte Hand, wie um seine Gefolgschaft zu segnen, und ging langsam, mit unsicheren Schritten den Landungssteg empor an Bord. Die Höflinge schienen über seinen Aufbruch sehr gerührt zu sein. Taschentücher wurden hervorgeholt, und von allen Seiten hörte man es schluchzen. Vom Achterdeck erschallten Trompeten, und das Schiff legte vom Landungssteg ab und entfernte sich vom Kai. (Es wurde von einem Ruderboot gezogen, aber das sah Jill nicht.)
»Nun . . .« sagte Eustachius; weiter kam er nicht, denn in diesem

Augenblick kam ein großer, weißer Gegenstand – Jill hielt ihn einen Augenblick lang für einen Papierdrachen – durch die Luft geglitten und landete zu seinen Füßen. Es war eine weiße Eule, aber sie war so groß, daß sie ihm bis ans Kinn reichte.

Sie blinzelte und kniff die Augen zusammen, als sei sie kurzsichtig, legte den Kopf ein wenig zur Seite und sagte mit leiser, flötender Stimme:

»Tu-huu, tu-huu! Wer seid ihr, du und du?«

»Mein Name ist Eustachius, und das ist Jill«, antwortete Eustachius. »Könntest du uns vielleicht sagen, wo wir hier sind?«

»Im Lande Narnia. Dort seht ihr Feeneden, das Schloß des Königs.«

»War das der König, der eben an Bord des Schiffes ging?«

»Ja du, ja du«, sagte die Eule traurig und schüttelte den großen Kopf. »Aber wer seid ihr? Etwas Geheimnisvolles umgibt euch. Ich habe euch kommen sehen: ihr seid geflogen. Alle anderen waren damit beschäftigt, den König zu verabschieden, und keiner bemerkte euch. Aber ich habe es gesehen: ihr seid geflogen!«

»Wir wurden von Aslan hierhergeschickt«, sagte Eustachius mit leiser Stimme.

»Tu-huu, tu-huu!« machte die Eule und sträubte die Federn. »Was sagst du? Das ist fast zuviel für mich, so früh am Abend. Ich komme erst richtig zu mir, wenn die Sonne untergegangen ist.«

»Und wir haben den Auftrag, den verschollenen Prinzen zu finden«, sagte Jill, die begierig darauf gewartet hatte, auch an der Unterhaltung teilnehmen zu können.

»Das höre ich zum ersten Mal«, sagte Eustachius. »Welchen Prinzen?«

»Ihr solltet mitkommen und sofort mit dem Regenten sprechen«, sagte die Eule. »Der da drüben in dem Eselskarren ist es: Trumpkin der Zwerg.« Die Eule drehte sich um und ging voraus. Dabei brummte sie vor sich hin: »Huu! Tu-huu! Ich wollt', ich hätt' meine Ruh'! Ich kann noch gar nicht klar denken. Es ist noch zu früh.«

»Wie heißt der König?« fragte Eustachius.

»Kaspian der Zehnte«, antwortete die Eule. Und Jill fragte sich, warum Eustachius wohl plötzlich stehenblieb und sich verfärbte. So elend hatte er noch nie ausgesehen. Aber bevor sie Zeit hatte, ihn zu fragen, waren sie bei dem Zwerg angekommen, der gerade die Zügel seines Esels aufnahm und sich bereitmachte, zum Schloß zurückzufahren. Die Schar der Höflinge hatte sich aufgelöst, und sie strebten jetzt, einzeln, zu zweit oder in Grüppchen, alle in die gleiche Richtung, so wie Leute, die von einem Fußballspiel oder einem Rennen kommen.

»Tu-huu! Ahem! Mein Herr!« sagte die Eule, beugte sich ein wenig tiefer und hielt den Schnabel in die Nähe des Zwergenohrs.

»He! Was ist das?« fragte der Zwerg.

»Zwei Fremde, Herr«, sagte die Eule.

»Zwei Hände? Was meinst du damit?« fragte der Zwerg. »Ich sehe zwei ausgesprochen schmutzige Menschenkinder. Was wollen sie?«

»Mein Name ist Jill«, sagte Jill und trat vor. Sie war begierig, den wichtigen Auftrag zu erklären, der sie hierhergeführt hatte.

»Das Mädchen heißt Jill!« sagte die Eule, so laut sie konnte.

»Wie?« fragte der Zwerg. »Die Mädchen sind wild? Davon glaube ich kein Wort! Welche Mädchen? Und warum sind sie wild?«

»Nur ein Mädchen, Herr«, sagte die Eule. »Ihr Name ist Jill.«

»Sprich lauter, sprich lauter!« sagte der Zwerg. »Steh nicht da und brumme und zwitschere in mein Ohr. Wer ist wild?«

»Niemand ist wild!« tutete die Eule.

»Wer?«

»NIEMAND!«

»Schon gut, schon gut, du brauchst nicht so zu schreien. So taub bin ich auch wieder nicht. Was soll das bedeuten, daß du hierherkommst, um mir zu erklären, niemand sei wild? Warum sollte denn überhaupt jemand wild geworden sein?«

»Vielleicht sollte man ihm lieber sagen, daß ich Eustachius heiße«, schlug Eustachius vor.

»Der Junge heißt Eustachius, Herr«, flötete die Eule so laut als möglich.

»Er ist ein Nichtsnutz?« antwortete der Zwerg gereizt. »Das glaube ich gerne. Ist das ein Grund, ihn zum Hof zu bringen? Wie?«

»Nicht Nichtsnutz«, sagte die Eule. »EUSTACHIUS.«

»Er ist zu gar nichts nutz, was? Ich weiß ganz und gar nicht, worüber du sprichst. Ich will dir etwas sagen, Meister Glimmfeder: Als ich ein junger Zwerg war, da gab es *sprechende Tiere* hier im Land, die wirklich sprechen konnten. Damals gab es kein solches Gemurmle und Gestammle und Geflüstere. Das hätte man sich keine Sekunde lang gefallen lassen. Keine Sekunde lang, mein Lieber. Urnus, mein Hörrohr bitte . . .«

Ein kleiner Faun, der die ganze Zeit über still neben dem Zwerg gestanden hatte, übergab ihm ein silbernes Hörrohr. Es sah so aus wie das Musikinstrument, das man Schlangenhorn nennt, und das Rohr wand sich ganz um den Zwergenhals herum. Während der Zwerg es anlegte, flüsterte die Eule namens Glimmfeder den Kindern rasch zu: »Ich bin jetzt ein wenig klarer im Kopf. Sagt nichts über den verschollenen Prinzen! Ich erkläre es euch später. Es hätte keinen Zweck, tu-huu! Oh, hätt' ich nur meine Ruh'!«

»So«, meinte der Zwerg. »Wenn du etwas Vernünftiges zu sagen hast, Meister Glimmfeder, dann versuch es jetzt zu sagen. Atme tief ein, und rede nicht zu schnell.«

Mit Hilfe der Kinder (und obwohl der Zwerg einen Hustenanfall bekam) erklärte Glimmfeder, die Fremden seien von Aslan geschickt worden, um den Hof Narnias zu besuchen. Der Zwerg schaute rasch zu ihnen auf, mit einem neuen Ausdruck in den Augen.

»Der Löwe selbst hat euch geschickt, wie?« fragte er. »Und ihr kommt von – hm – von diesem anderen Ort, der hinter dem Ende der Welt liegt, wie?«

»Ja, Herr«, schrie Eustachius in das Hörrohr.

»Ein Sohn Adams und eine Tochter Evas, was?« sagte der Zwerg. Doch die Kinder in der Experimentalschule kennen Adam und Eva nicht, deshalb wußten Jill und Eustachius darauf keine Antwort. Aber dem Zwerg schien das nicht aufzufallen. »Nun, meine Lieben«, fuhr er fort, nahm erst den einen und dann den anderen an der Hand und neigte den Kopf ein wenig. »Ich heiße euch herzlich willkommen. Wenn der gute König, mein armer Herr, nicht gerade zu den Sieben Inseln aufgebrochen wäre, hätte er sich über eure Ankunft sehr gefreut. Es hätte ihm einen Augenblick lang seine Jugend zurückgebracht – einen Augenblick lang. Und jetzt ist es höchste Zeit zum Abendessen. Ihr müßt mir morgen im Großen Rat von eurem Vorhaben erzählen. Meister Glimmfeder, sorge dafür, daß die Gäste Schlafräume, angemessene Kleidung und alles übrige erhalten, so, wie es ihnen zusteht. Und, Glimmfelder – ich will dir noch etwas ins Ohr flüstern . . .«

Der Zwerg legte seinen Mund an den Kopf der Eule und wollte ihr zweifellos etwas zuflüstern: aber wie das bei allen schwerhörigen Leuten so ist, konnte er seine eigene Stimme nicht richtig einschätzen, und so hörten ihn beide Kinder sagen: »Sorge dafür, daß sie ordentlich gewaschen werden!«

Danach trieb der Zwerg seinen Esel an, und dieser setzte sich halb trabend, halb watschelnd auf das Schloß zu in Bewegung (es war ein sehr fettes kleines Tier). Der Faun, die Eule und die Kinder folgten etwas langsamer. Die Sonne war untergegangen, und es wurde kühl. Sie gingen über den Rasen und durch einen Obstgarten zum weit offenstehenden Nordtor von Feeneden. Drinnen fanden sie einen grasbewachsenen Schloßhof vor. Schon fiel Licht aus den Fenstern der großen Halle zu ihrer Rechten und aus einer verworrenen Vielzahl von Gebäuden vor ihnen. Dorthinein führte sie die Eule. Ein mädchenhaftes, bezauberndes Geschöpf wurde damit beauftragt, sich um Jill zu kümmern. Sie war kaum größer als Jill selbst, aber viel zierlicher. Doch offensichtlich war sie schon ganz ausgewachsen, war so graziös wie eine Weide, und auch ihr Haar war weidenartig und schien mit Moos bewachsen zu sein. Sie führte Jill in ein rundes Zimmer in einem der Türme. In den Fußboden des Zimmers war eine kleine Badewanne eingelassen, und auf der ebenerdigen Feuerstelle brannte ein Feuer aus herrlich duftenden Hölzern. Eine Lampe hing an einer silbernen Kette von der gewölbten Decke. Das Fenster blickte nach Westen über das seltsame Land Narnia, und hinter den fernen Bergen sah Jill noch das letzte verglühende Rot des Sonnenuntergangs. Sie bekam Sehnsucht nach weiteren Abenteuern und war überzeugt, daß dies erst der Anfang sei.

Nachdem sie gebadet, ihr Haar gebürstet und die Kleider angezogen hatte, die für sie bereitgelegt worden waren – Kleider, die nicht nur schön anzusehen waren, sondern sich auch schön anfühlten und schöne Geräusche machten, wenn man sich darin bewegte –, wollte sie gerade wieder ans Fenster treten und hinaussehen, als es an der Tür klopfte.

»Herein«, sagte Jill. Und da stand Eustachius, ebenfalls gebadet und mit prachtvollen narnianischen Gewändern bekleidet. Aber nach seinem Gesicht zu schließen, machte ihm das alles nicht viel Spaß.

»Oh, da bist du ja endlich«, sagte er unwirsch und ließ sich in einen Sessel fallen. »Ich suche dich schon eine Ewigkeit.«

»Nun, jetzt hast du mich ja gefunden«, meinte Jill. »Findest du nicht auch, Eustachius, daß alles furchtbar aufregend und ganz phantastisch ist?« Sie hatte die Zeichen und den verschollenen Prinzen im Moment völlig vergessen.

»So! Meinst du?« sagte Eustachius. Und dann, nach einer Pause: »Ich wollte, wir wären nie hierhergekommen.«

»Warum denn, um alles in der Welt?«

»Ich kann es nicht ertragen«, sagte Eustachius, »den König – Kaspian – als alten Tattergreis zu sehen. Es – es ist schrecklich.«

»Wieso, was macht dir das denn aus?«
»Oh, du verstehst nicht. Jetzt, wo ich darüber nachdenke, wird mir klar, daß du es gar nicht verstehen kannst. Ich habe dir nicht gesagt, daß die Zeit hier anders vergeht als bei uns zu Hause.«
»Wie meinst du das?«
»In der Zeit, die wir hier verbringen, vergeht für uns keine Zeit. Verstehst du? Wie lange auch immer wir hier sein mögen, werden wir doch im gleichen Augenblick wieder in der Experimentalschule sein, wo wir sie verlassen haben . . .«
»Wie schade . . .«
»Ach, sei still! Unterbrich mich nicht immer! Und dort in England – in unserer Welt – weiß man nicht, wieviel Zeit hier vergeht. Vielleicht verstreichen in Narnia viele Jahre, während es für uns zu Hause nur ein Jahr ist. Edmund und Lucy haben mir alles erklärt, aber ich Idiot habe es vergessen. Und jetzt sind also offensichtlich etwa siebzig Jahre – narnianische Jahre – vergangen, seit ich das letzte Mal hier war. Verstehst du jetzt? Und nun, wo ich wieder da bin, ist Kaspian ein uralter Mann.«
»Dann war der König also tatsächlich ein alter Freund von dir?« fragte Jill. Ein schrecklicher Gedanke war ihr gekommen.
»Das kann man wohl sagen«, antwortete Eustachius unglücklich. »Einen besseren Freund kann man gar nicht haben. Und letztes Mal war er nur ein paar Jahre älter als ich. Diesen alten Mann mit dem weißen Bart zu sehen und mich an den Kaspian von damals zu erinnern, so, wie er an dem Morgen aussah, als wir die Einsamen Inseln einnahmen, oder beim Kampf gegen die Seeschlange – oh, es ist schrecklich! Es ist schlimmer, als ihn tot zu finden.«
»Ach, halt den Mund«, sagte Jill ungeduldig. »Es ist viel schlimmer, als du denkst. Wir haben das erste Zeichen verpaßt.« Natürlich verstand das Eustachius nicht. Jill erzählte ihm von ihrer Unterhaltung mit Aslan, den vier Zeichen und dem ihnen erteilten Auftrag, den ver schollenen Prinzen zu finden.
»Siehst du«, meinte sie dann, »du hast also einen alten Freund gesehen, genau, wie Aslan sagte, und du hättest sofort hingehen und ihn begrüßen müssen. Doch du hast es nicht getan, also geht gleich von Anfang an alles schief.«
»Woher hätte ich es denn wissen sollen?« fragte Eustachius.
»Wenn du mir nur zugehört hättest, als ich es dir sagen wollte, dann wäre alles gut«, sagte Jill.
»Ja, und wenn du nicht am Rand des Felsens verrückt gespielt und

mich fast ermordet hättest – ja, ich sage *ermordet*, und das werde ich sagen, sooft ich will, du brauchst dich also nicht aufzuspielen –, dann wären wir beide zusammen hergekommen und hätten beide gewußt, was zu tun ist.«

»Ich nehme an, er war der erste gute Bekannte, dem du hier begegnet bist?« sagte Jill. »Du mußt ja Stunden vor mir hiergewesen sein. Bist du sicher, daß du vorher niemand anders getroffen hast?«

»Ich war nur etwa eine Minute vor dir da«, meinte Eustachius. »Er muß dich schneller geblasen haben als mich, um die Zeit wieder aufzuholen, die du verschwendet hast.«

»Sei nicht so unverschämt, Eustachius!« sagte Jill. »Oh, was ist das?«

Es war die Schloßglocke, die zum Essen rief, und so wurde das, was nach einem ausgewachsenen Streit aussah, glücklicherweise unterbrochen. Beide hatten in der Zwischenzeit einen Mordshunger.

Das Abendessen in der großen Halle des Schlosses war das Großartigste, was die Kinder je erlebt hatten. Eustachius war ja schon einmal in dieser Welt gewesen, aber damals hatte er die meiste Zeit auf See verbracht, und so kannte er die Pracht der narnianischen Haus- und Hofhaltung nicht. Banner hingen von der Decke, und jeder Gang wurde unter einem Tusch von Pauken und Trompeten hereingebracht. Da gab es Suppen, die einem schon das Wasser im Mund zusammenlaufen lassen, wenn man nur an sie denkt, herrliche Fische, Wildbret und Pasteten, Eiskrem, Pudding, Früchte und Nüsse, und alle möglichen Weine und Fruchtsäfte. Sogar Eustachius ließ sich aufmuntern und gab zu, daß dies »nicht ohne« sei. Und als alle satt und zufrieden waren, trat ein blinder Poet vor und stimmte die große alte Geschichte vom Prinzen Cor, Aravis und dem Pferd Bree an. Die Geschichte handelt von einem Abenteuer, das sich in Narnia, Kalormen und den Ländern dazwischen begab, und zwar im Goldenen Zeitalter, als Peter König in Feeneden war. (Ich habe jetzt keine Zeit, sie zu erzählen, aber es lohnt sich, sie einmal anzuhören.)

Als Eustachius und Jill sich, in einem fort gähnend, nach oben ins Bett schleppten, sagte Jill: »Ich wette, daß wir heute nacht gut schlafen werden«, denn es war ein anstrengender Tag gewesen. Und das beweist, wie wenig man voraussehen kann, was einem noch alles bevorsteht.

Es ist eine eigenartige Sache: je müder man ist, desto länger braucht man, um ins Bett zu kommen; vor allem, wenn man das Glück hat, ein offenes Feuer im Zimmer zu haben. Jill hatte das Gefühl, sie könne sich nicht ausziehen, bevor sie erst einmal ein Weilchen vor dem Feuer gesessen hatte. Und als sie sich hingesetzt hatte, wollte sie nicht mehr aufstehen. Sie hatte sich schon etwa fünfmal gesagt: Ich muß zu Bett gehen, als ein Klopfen am Fenster sie auffahren ließ.
Sie stand auf und zog den Vorhang beiseite. Zuerst sah sie außer der Schwärze der Nacht nichts. Dann erschrak sie und wich zurück, denn etwas sehr Großes war gegen das Fenster geprallt und hatte dabei am Glas geklopft. Ihr kam ein sehr unangenehmer Gedanke ... Vielleicht gibt es in diesem Land Riesenmotten! Igitt! Aber da kam das Ding zurück, und diesmal war sie fast sicher, daß sie einen Schnabel gesehen hatte und daß er es gewesen war, der geklopft hatte. Es ist ein riesiger Vogel, dachte Jill. Könnte es ein Adler sein? Sie legte zwar auch keinen allzu großen Wert auf den Besuch eines Adlers, doch sie öffnete das Fenster und schaute hinaus. Sofort landete der große Vogel mit lautem Schwirren auf der Fensterbank, wo er stehenblieb und das ganze Fenster ausfüllte. Jill mußte zurückweichen, um ihm Platz zu machen. Es war die Eule.
»Du, du! Tu-huu, tu-huu«, rief sie. »Behalt deine Ruh'! Ist es euch beiden wirklich ganz ernst mit dem, was ihr zu tun habt?«
»Du meinst, wegen des verschollenen Prinzen?« fragte Jill. »Ja, wir haben keine andere Wahl.« Denn jetzt erinnerte sie sich an die Stimme und das Gesicht des Löwen, den sie während des Festmahls und des Geschichtenerzählens in der Halle fast vergessen hatte.
»Gut!« sagte die Eule. »Dann dürfen wir keine Zeit verlieren. Ihr müßt sofort weg von hier. Ich gehe und wecke den Jungen. Dann komme ich zurück und hole dich. Du legst besser diese Hofkleidung ab und ziehst dir etwas an, worin man bequem reisen kann. Ich bin in zwei Minuten wieder hier. Tu-huu!« Und ohne auf eine Antwort zu warten, war sie verschwunden.
Wenn Jill mehr an Abenteuer gewöhnt gewesen wäre, hätte sie vielleicht an den Worten der Eule gezweifelt, aber so kam ihr der Gedanke gar nicht – und in der Aufregung über eine mitternächtliche Flucht vergaß sie ihre Müdigkeit. Sie zog wieder Pullover und Hose an – am Gürtel der Hose hing ein Taschenmesser, das man vielleicht brauchen konnte –, und dann nahm sie noch ein paar von den Din-

gen, die ihr das Mädchen mit den weidenartigen Haaren dagelassen hatte. Sie wählte einen kurzen Umhang, der ihr bis zu den Knien reichte und eine Kapuze hatte (der ist genau richtig, wenn es einmal regnet, dachte sie), ein paar Taschentücher und einen Kamm. Dann setzte sie sich hin und wartete.

Gerade überfiel sie wieder die Müdigkeit, als die Eule zurückkehrte.

»Jetzt sind wir fertig«, sagte diese.

»Du gehst besser voran«, schlug Jill vor. »Ich kenne mich hier in den Gängen noch nicht aus.«

»Tu-huu!« antwortete die Eule. »Wir gehen nicht durchs Schloß. Steig auf meinen Rücken. Wir werden fliegen.«

»Oh!« sagte Jill und vergaß, den Mund zu schließen. Von diesem Gedanken war sie nicht sehr begeistert. »Bin ich nicht zu schwer für dich?«

»Tu-huu, tu-huu! Gib Ruh'! Den Jungen habe ich schon weggetragen. So. Aber erst löschen wir noch die Lampe.«

Sobald die Lampe gelöscht war, sah die Nacht draußen vor dem Fenster weniger dunkel aus – sie war nun nicht mehr schwarz, sondern grau. Die Eule stand mit dem Rücken zum Zimmer gewandt auf der Fensterbank und hob die Flügel. Jill mußte auf ihren kurzen, dicken Körper klettern, ihre Knie unter die Flügel stecken und sich gut festklammern. Die Federn fühlten sich wunderbar warm und weich an, aber es gab nichts, woran man sich festhalten konnte. Ich wüßte gern, wie Eustachius sein Ritt gefallen hat! dachte Jill. Und gerade als sie das dachte, ließen sie mit einem schrecklichen Sturz das Fensterbrett hinter sich zurück, die Flügel umschwirrten Jills Ohren, und die kühle und feuchte Nachtluft flog ihr ins Gesicht.

Es war viel heller, als sie gedacht hatte, und obwohl der Himmel bewölkt war, sah man an einem silbernen Fleck, wo sich der Mond hinter den Wolken versteckte. Die Felder unter ihr waren grau, die Bäume schwarz. Der Wind wehte – ein sanft rauschender Wind, ein Anzeichen von nahendem Regen.

Die Eule drehte sich, und jetzt lag das Schloß vor ihnen. Nur wenige Fenster waren beleuchtet. Sie flogen genau darüber hinweg nach Norden und überquerten den Fluß: die Luft wurde kühler, und Jill vermeinte das weiße Spiegelbild der Eule im Wasser unter sich zu sehen. Doch schon bald hatten sie das andere Ufer erreicht und flogen über einen bewaldeten Landstrich.

Die Eule schnappte nach etwas, was Jill nicht sehen konnte.

»Nicht wackeln!« protestierte Jill. »Du hättest mich fast abgeworfen!«

»Entschuldige«, sagte die Eule. »Ich habe nur eine Fledermaus geschnappt. Es gibt nichts Nahrhafteres als eine schöne, wohlgenährte kleine Fledermaus. Soll ich dir auch eine fangen?«
»Nein danke«, antwortete Jill und schüttelte sich.
Die Eule flog jetzt etwas tiefer, und vor ihnen tauchte ein großes, schwarzes Ding auf. Jill blieb gerade noch Zeit, um zu sehen, daß es ein Turm war – ein halbzerfallener und mit viel Efeu bewachsener Turm –, da mußte sie sich auch schon ducken, um nicht anzustoßen, als die Eule durch die mit Efeu bewachsene und mit Spinnweben verhängte Fensteröffnung kroch – weg von der frischen, grauen Nacht, hinein in einen dunklen Raum in der Spitze des Turms. Drinnen roch es modrig, und im gleichen Augenblick, wo sie vom Rücken der Eule glitt, spürte Jill (wie man das eben so spürt), daß es hier ziemlich bevölkert war. Und als in der Dunkelheit aus allen Richtungen Stimmen erklangen – »Tu-huu!« –, da wußte sie, daß der Turm voller Eulen war. Sie war sehr erleichtert, als eine ganz andere Stimme sagte:
»Bist du das, Jill?«
»Bist du das, Eustachius?« antwortete Jill.
»Nun«, sagte Glimmfeder, »ich glaube, wir sind komplett. Wir wollen ein Eulenparlament abhalten.«
»Tu-huu, tu-huu. Recht hast du. Wir hören alle zu«, sagten ein paar Stimmen.
»Einen Moment!« rief Eustachius. »Ich will erst noch etwas sagen.«
»Nur zu, nur zu«, sagten die Eulen, und Jill meinte: »Leg los!«
»Ich nehme an, ihr wißt alle, daß König Kaspian der Zehnte in jungen Jahren zum östlichen Ende der Welt segelte. Nun, ich habe ihn auf dieser Reise begleitet; ihn und Riepischiep, die Maus, Lord Drinian und all die anderen. Ich weiß, daß es recht unwahrscheinlich klingt, aber in unserer Welt werden die Menschen nicht mit der gleichen Geschwindigkeit älter wie in der euren. Was ich sagen will, ist dies: Ich bin dem König treu verbunden, und wenn dieses Eulenparlament in irgendeiner Weise eine Verschwörung gegen den König darstellt, dann will ich nichts damit zu tun haben.«
»Tu-huu, tu-huu, auch wir lieben den König, nicht nur du!« sagten die Eulen.
»Worum geht es denn dann?« wollte Eustachius wissen.
»Es ist so«, hob Glimmfeder an. »Wenn der Regent, der Zwerg Trumpkin, erfährt, daß ihr nach dem verschollenen Prinzen suchen wollt, dann wird er euch zurückhalten. Ehe er euch wegläßt, wird er euch lieber hinter Schloß und Riegel setzen.«

»Ach du liebes bißchen!« sagte Eustachius. »Ihr wollt doch wohl nicht sagen, daß Trumpkin ein Verräter ist? Ich habe damals auf See viel von ihm gehört. Kaspian – ich meine der König – vertraute ihm völlig.«

»O nein«, sagte eine Stimme. »Trumpkin ist kein Verräter. Doch mehr als dreißig Kämpfer – Ritter, Zentauren, gute Riesen und dergleichen – haben sich zu irgendeiner Zeit aufgemacht, um den verschollenen Prinzen zu suchen, und keiner von ihnen ist jemals zurückgekehrt. Und zuletzt sagte der König, er könne es nicht zulassen, daß all die mutigen Narnianen auf der Suche nach seinem Sohn das Leben verlören. Und jetzt darf keiner mehr nach ihm suchen.«

»Aber *uns* würde er doch sicher ziehen lassen«, sagte Eustachius. »Wenn er wüßte, wer ich bin und wer mich geschickt hat.«

»Uns beide!« unterbrach Jill.

»Ja«, sagte Glimmfeder. »Das würde er wahrscheinlich tun. Aber der König ist fort. Und Trumpkin würde sich an die Vorschriften halten. Er ist so treu wie Gold, aber leider auch so taub wie ein Stück Holz und sehr erregbar. Ihr könntet ihm nie begreiflich machen, daß jetzt die Zeit gekommen ist, eine Ausnahme von der Regel zu machen.«

»Man möchte annehmen, daß er uns Gehör schenkte, denn wir sind ja Eulen, und jedermann weiß, wie weise Eulen sind«, sagte jemand anders. »Aber er ist jetzt so alt, daß er lediglich sagen würde: ›Du bist nur ein kleines Hühnchen. Ich erinnere mich an dich, als du noch ein Ei warst. Komm bloß nicht an und versuche, *mich* zu belehren. So wahr ich Tru-huuu-humpkin heiße.‹«

Die Eule konnte Trumpkins Stimme gut nachmachen, und von überall erschallte eulisches Gelächter. Die Kinder begannen zu begreifen, daß die Narnianen für Trumpkin die gleichen Gefühle hegten wie Schüler für einen kauzigen Lehrer, vor dem jeder ein bißchen Angst hat, über den sich alle ein wenig lustig machen und gegen den eigentlich niemand etwas hat.

»Wie lange wird der König weg sein?« fragte Eustachius.

»Wenn wir das nur wüßten!« antwortete Glimmfeder. »Wißt ihr, in letzter Zeit geht das Gerücht um, Aslan sei auf den Inseln gesehen worden – es war, glaube ich, in Terebinthia. Und der König sagte, er wolle vor seinem Tod noch einen Versuch machen, Aslan von Angesicht zu Angesicht gegenüberzutreten und ihn um Rat zu bitten, wer nach ihm König sein solle. Aber wir befürchten alle, daß er – wenn er Aslan in Terebinthia nicht trifft – weiter nach Osten reisen wird: zu den Sieben Inseln, den Einsamen Inseln und immer weiter. Er spricht nicht darüber, aber wir alle wissen, daß er diese Reise zum Ende der Welt nie vergessen hat. Ich bin sicher, daß er im Innersten seines Herzens den Wunsch hegt, wieder dorthin zu gelangen.«

»Dann hat es also keinen Zweck, zu warten, bis er zurückkommt?« fragte Jill.

»Nein, das hat keinen Zweck«, antwortete die Eule. »Ach, was für ein schreckliches Durcheinander! Wenn ihr ihn doch nur erkannt und mit ihm gesprochen hättet! Er hätte sich um alles gekümmert – vermutlich hätte er euch für eure Suche nach dem Prinzen ein Heer mitgegeben!«

Jill hielt den Mund und hoffte, Eustachius werde kameradschaftlich genug sein und den Eulen nicht sagen, wieso es nicht dazu gekommen war. Das war er auch, oder zumindest fast. Er brummte nur vor sich hin: »Also *meine* Schuld war es nicht«, bevor er laut sagte:

»Na gut. Wir müssen es eben auch so schaffen. Aber da ist noch etwas, was ich wissen möchte. Wenn dieses Eulenparlament, wie ihr es nennt, so ohne Fehl und Tadel ist und nichts Unehrenhaftes dahintersteckt, warum muß es dann so geheimgehalten werden, daß man sich mitten in der Nacht in einer Ruine treffen muß?«

»Tu-huu, tu-huu!« flöteten einige Eulen. »Wo sollen wir uns denn sonst treffen? Und wann sollte man so eine Versammlung abhalten, wenn nicht bei Nacht?«

»Wißt ihr«, erklärte Glimmfeder. »Die meisten Geschöpfe in Narnia haben so unnatürliche Gewohnheiten. Sie erledigen alles bei Tag, in strahlendem Sonnenschein – puh! – wenn jedermann eigentlich schlafen sollte. Und deshalb sind sie nachts derart blind und dumm, daß nichts mit ihnen anzufangen ist. Darum haben wir Eulen uns angewöhnt, uns zu vernünftigen Zeiten und allein zu treffen, wenn wir etwas besprechen wollen.«

»Ich verstehe«, sagte Eustachius. »Und jetzt wollen wir fortfahren. Erzählt uns, was es mit dem verschollenen Prinzen auf sich hat.«

Nicht Glimmfeder, sondern eine alte Eule erzählte die Geschichte.

Etwa zehn Jahre zuvor, als Rilian, der Sohn Kaspians, ein sehr junger Ritter war, ritt er an einem Maimorgen mit seiner Mutter, der Königin, in die nördlichen Gebiete von Narnia. Sie waren von vielen Kavalieren und Damen begleitet, und alle trugen einen Kranz aus frischen Blättern auf dem Haupt und ein Horn an der Seite. Hunde hatten sie keine dabei, denn sie wollten nicht jagen, sondern den Maien feiern. Um die Mittagsstunde kamen sie zu einer schönen Lichtung, wo eine Quelle aus der Erde entsprang. Dort stiegen sie vom Pferd, aßen, tranken und waren fröhlich. Nach einer Weile wurde die Königin müde, und man breitete auf der grasbewachsenen Böschung Umhänge für sie aus. Prinz Rilian und die anderen gingen etwas abseits, damit die Königin von ihrem Reden und Lachen nicht gestört wurde. Bald darauf kam eine große Schlange aus dem Wald und biß die Königin in die Hand. Alle hörten ihren Aufschrei und rannten zu ihr. Prinz Rilian erreichte sie als erster. Er sah, wie sich die Schlange davonschlängelte, und er verfolgte sie mit gezogenem Schwert. Sie war riesengroß und schimmerte so giftgrün, daß sie leicht zu sehen war; aber sie glitt in das dichte Unterholz, wohin er ihr nicht folgen konnte. So kehrte er zu seiner Mutter zurück, die von den anderen umsorgt wurde. Doch alle Sorge war vergebens, denn beim ersten Blick auf ihr Gesicht erkannte Rilian, daß ihr kein Arzt der Welt mehr helfen konnte. Solange noch Leben in ihr war, schien sie sich große Mühe zu geben, ihm etwas zu sagen. Aber sie konnte nicht mehr deutlich sprechen, und was immer sie ihm hatte mitteilen wollen – sie starb, ohne ihm ihre Nachricht zu übermitteln. Dies geschah kaum zehn Minuten nach ihrem Aufschrei.

Man trug die tote Königin nach Feeneden zurück, und sie wurde von Rilian, dem König und allen Bewohnern Narnias tief betrauert. Sie war eine gute Herrscherin gewesen, weise, gütig und von frohem Gemüt. König Kaspian hatte sie vom östlichen Ende der Welt mitgebracht, und es wurde gesagt, Sternenblut flösse in ihren Adern. Den Prinzen traf der Tod seiner Mutter natürlich sehr hart. Nach ihrem Tod ritt er ständig in den nördlichen Sümpfen Narnias umher und spürte der Giftschlange nach, um sie zu töten und Rache zu nehmen. Obwohl der Prinz immer mit müdem und verwirrtem Gesicht zurückkehrte, verlor doch niemand viele Worte darüber. Aber etwa einen Monat nach dem Tod seiner Mutter meinten manche, er habe sich verändert. Er hatte den Blick eines Mannes, der Visionen gehabt hat, und obwohl er den ganzen Tag unterwegs war, sah sein Pferd nicht so aus, als wäre es hart geritten worden. Sein bester Freund unter den alten Höflingen war Lord Drinian, der Kapitän des Schiffes, mit dem sein Vater die große Reise zum östlichen Teil der Welt unternommen hatte.

Eines Abends sagte Drinian zum Prinzen: »Hoheit, Ihr müßt Eure Suche nach der Schlange aufgeben. An einem Tier ohne Verstand kann man nicht wie an einem Mann Rache nehmen. Ihr verschwendet Eure Kraft vergebens.«

Der Prinz antwortete: »Ich habe in den letzten sieben Tagen die

Schlange fast vergessen.« Drinian fragte ihn, warum er dann immer wieder in die nördlichen Wälder ritte. »Lord Drinian«, sagte der Prinz, »dort habe ich das herrlichste Geschöpf gesehen, das je erschaffen wurde.«
»Edler Prinz«, sagte Drinian, »laßt mich morgen mit Euch reiten, damit ich dieses schöne Geschöpf auch sehe.«
»Ja, so soll es geschehen«, antwortete Rilian.
Früh am nächsten Morgen sattelten sie ihre Pferde und galoppierten rasch zu den Wäldern im Norden, wo sie an der Quelle abstiegen, an der die Königin den Tod gefunden hatte. Drinian fand es seltsam, daß der Prinz ausgerechnet diesen Platz wählte, um zu verweilen. Dort rasteten sie bis zum hohen Mittag: und da schaute Drinian auf und erblickte die schönste Frau, die er je gesehen hatte. Sie stand nördlich der Quelle, sagte kein Wort und machte dem Prinzen mit der Hand ein Zeichen, als wolle sie ihn zu sich bitten. Sie war groß und kräftig, und sie trug ein dünnes, leuchtendes, giftgrünes Gewand. Und der Prinz starrte sie an wie ein Mann, der den Verstand verloren hat. Doch plötzlich war die Frau verschwunden, wohin, wußte Drinian nicht, und die beiden kehrten nach Feeneden zurück. Drinian spürte im Innersten, daß dieses leuchtende grüne Geschöpf böse war.
Drinian fragte sich, ob er nicht dem König von dieser Begebenheit erzählen solle, aber er wollte nicht klatschen, und so schwieg er. Doch später wünschte er, er hätte gesprochen. Denn am nächsten Tag ritt Prinz Rilian wieder allein aus. Am Abend kehrte er nicht zurück, und von dieser Stunde an ward er weder in Narnia noch in den angrenzenden Ländern jemals wieder gesehen, und weder sein Pferd noch sein Hut, noch sein Mantel, noch irgend etwas anderes wurde je gefunden.
Nun ging Lord Drinian mit Bitterkeit im Herzen zu Kaspian und sagte: »Mein König, erschlagt mich auf der Stelle, denn durch mein Schweigen habe ich das Leben Eures Sohnes verwirkt.« Und er erzählte ihm alles. Kaspian packte seine Kampfaxt und wollte Drinian töten, und Drinian stand regungslos da, um den Todesschlag zu empfangen. Aber als er die Axt erhoben hatte, warf Kaspian sie weg und rief: »Ich habe meine Königin und meinen Sohn verloren: soll ich auch noch meinen Freund verlieren?« Und er umarmte Lord Drinian, und beide weinten, und ihre Freundschaft zerbrach nicht.
Das war die Geschichte des Prinzen Rilian. Als sie zu Ende erzählt war, sagte Jill: »Ich wette, die Schlange und die Frau waren ein und dieselbe Person.«

»Tu-huu, tu-huu, wir denken so wie du«, riefen die Eulen.
»Aber wir glauben nicht, daß sie den Prinzen getötet hat«, sagte Glimmfeder, »denn keine Knochen . . .«
»Wir wissen sicher, daß sie das nicht getan hat«, entgegnete Eustachius. »Aslan hat Jill gesagt, der Prinz sei noch am Leben.«
»Das macht es fast noch schlimmer«, sagte die älteste der Eulen. »Das bedeutet, daß sie sich seiner bedient und irgendwelche Ränke gegen Narnia schmiedet. Vor langer, langer Zeit, ganz am Anfang, kam aus dem Norden eine weiße Hexe und brachte hundert Jahre lang Schnee und Eis über unser Land. Und wir glauben, daß die grüne Frau vom gleichen Schlag sein muß.«
»Nun gut«, sagte Eustachius. »Jill und ich müssen den Prinzen finden. Könnt ihr uns helfen?«
»Habt ihr irgendeinen Anhaltspunkt, das Mädchen und du?« fragte Glimmfeder.
»Ja«, sagte Eustachius. »Wir wissen, daß wir uns nach Norden wenden müssen. Und wir wissen, daß wir zur Ruinenstadt der alten Riesen müssen.«
Daraufhin erschallte größeres Tu-huu, Tu-huu als jemals zuvor. Füße schlurften, Federn raschelten, und dann begannen alle Eulen auf einmal zu reden. Alle erklärten, wie leid es ihnen täte, daß sie die Kinder auf der Suche nach dem verlorenen Prinzen nicht begleiten könnten. »Ihr wollt bei Tag reisen, und wir wollen bei Nacht reisen«, sagten sie. »Das ginge nicht gut, das ginge nicht gut.« Zwei oder drei Eulen fügten hinzu, hier in dem zerfallenen Turm sei es auch nicht mehr so dunkel wie zu Anfang, und die Versammlung habe lange genug gedauert. Es schien so, als hätte die bloße Erwähnung der Ruinenstadt der Riesen die Vögel eingeschüchtert. Doch Glimmfeder sagte:
»Wenn sie diesen Weg einschlagen wollen – nämlich zum Ettinsmoor –, dann müssen wir sie zu einem der Moorwackler bringen. Sie sind die einzigen, die ihnen helfen können.«
»Tu-huu, nur zu!« sagten die Eulen.
»Also gut«, meinte Glimmfeder. »Ich trage einen der beiden. Wer trägt den anderen? Wir müssen es noch heute nacht erledigen.«
»Ich! Aber nur bis zu den Moorwacklern«, sagte eine andere Eule.
»Bist du bereit?« fragte Glimmfeder, zu Jill gewandt.
»Ich glaube, die schläft«, meinte Eustachius.

Jill schlief. Seit dem Beginn des Eulenparlaments hatte sie schrecklich gegähnt, und jetzt war sie eingenickt. Es gefiel ihr überhaupt nicht, daß sie wieder aufgeweckt wurde und feststellen mußte, daß sie auf rohen, staubigen Brettern in einem stockdunklen Turm lag, der voller Eulen war. Es gefiel ihr noch weniger, als sie hörte, daß sie an einen anderen Ort gebracht werden sollte – und offensichtlich nicht ins Bett –, und das auch noch auf einem Eulenrücken.

»Ach komm, Jill, nimm dich zusammen«, hörte sie die Stimme von Eustachius. »Immerhin ist dies ja ein Abenteuer.«

»Ich habe genug von Abenteuern«, entgegnete Jill böse.

Sie willigte jedoch ein, auf Glimmfeders Rücken zu steigen, und wachte schließlich vollends auf (zumindest für ein Weilchen), denn die Luft war überraschend kühl, als die Eule mit ihr in die Nacht hinausflog. Der Mond war verschwunden, und auch kein Stern war zu sehen. Weit hinter sich entdeckte sie ein einsames erleuchtetes Fenster hoch über der Erde, ohne Zweifel war es ein Fenster in einem der Türme von Feeneden. Nur allzu gern hätte sie in ihrem wunderschönen Zimmer gemütlich im Bett gelegen und den flackernden Schatten der Flammen an der Wand zugeschaut. Sie steckte die Hände unter ihren Umhang und wickelte ihn fest um sich. Es war gespenstisch, als sie in der Dunkelheit aus einiger Entfernung zwei Stimmen hörte. Es waren Eustachius und seine Eule, die sich unterhielten. *Er* klingt gar nicht müde, dachte Jill. Sie machte sich nicht klar, daß er ja schon einmal in dieser Welt große Abenteuer erlebt hatte und daß die Luft von Narnia die Kraft zurückbrachte, die ihm auf seiner Reise mit König Kaspian zu den östlichen Meeren verliehen worden war.

Jill mußte sich kneifen, um wach zu bleiben, denn sie wußte, daß sie vermutlich von Glimmfeders Rücken fallen würde, wenn sie einschlief. Als die beiden Eulen schließlich landeten, stieg sie mit steifen Knochen von Glimmfeder. Sie stand auf ebener Erde. Ein kalter Wind blies, und sie schienen sich an einem baumlosen Ort zu befinden.

»Tu-huu, tu-huu!« rief Glimmfeder. »Wach auf, Trauerpfützler. Wir sind im Auftrag des Löwen hier.«

Lange Zeit kam keine Antwort. Dann erschien in der Ferne ein schwaches Licht. Es kam näher. Und mit dem Licht ertönte eine Stimme.

»Eulen ahoi!« rief sie. »Was ist los? Ist der König tot? Ist der Feind in

Narnia eingefallen? Herrscht eine Überschwemmung? Oder sind Drachen gelandet?«
Als das Licht bei ihnen anlangte, sahen sie, daß es von einer großen Laterne herrührte. Von der Person, die diese Laterne trug, konnte Jill nur sehr wenig sehen. Sie schien nur aus Armen und Beinen zu bestehen. Die Eulen erklärten ihr alles, aber Jill war zu müde, um zuzuhören. Sie versuchte, ein wenig aufzuwachen, als sie merkte, daß die beiden Eulen sich von ihr verabschiedeten. Aber später erinnerte sie sich nur noch daran, wie sie und Eustachius sich bückten, um durch eine niedrige Tür zu gehen, und wie sie sich dann (Gott sei Dank) auf etwas Weiches und Warmes legten und eine Stimme zu ihnen sagte: »So. Mehr kann ich euch nicht bieten. Es wird kalt sein und hart. Feucht vermutlich auch. Wahrscheinlich werdet ihr kein Auge zutun; selbst wenn es kein Gewitter und keine Überschwemmung gibt oder der Wigwam über uns zusammenbricht, wie das schon öfter passiert ist. Ihr müßt das Beste daraus machen . . .« Aber sie war fest eingeschlafen, bevor die Stimme abbrach.
Als die Kinder spät am nächsten Morgen erwachten, stellten sie fest, daß sie ganz trocken und warm an einem dunklen Ort auf Strohbetten lagen. Aus einer dreieckigen Öffnung fiel Tageslicht herein.
»Wo um alles in der Welt sind wir bloß?« fragte Jill.
»Im Wigwam eines Moorwacklers«, sagte Eustachius.
»Eines was?«
»Eines Moorwacklers. Frag mich nicht, was das ist. Ich konnte ihn gestern nacht nicht sehen. Ich stehe auf. Komm, wir machen uns auf den Weg und suchen ihn.«
»Wie schrecklich man sich doch fühlt, wenn man angezogen geschlafen hat«, meinte Jill und setzte sich auf.
»Ich dachte gerade, wie schön es doch ist, wenn man sich nicht erst anziehen muß«, sagte Eustachius.
»Und nicht waschen, nehme ich an«, entgegnete Jill zornig. Aber Eustachius war schon aufgestanden, hatte gegähnt, sich geschüttelt und war aus dem Wigwam gekrochen. Jill tat es ihm nach.
Was sie draußen vorfanden, war ganz anders als das, was sie am Tag zuvor von Narnia gesehen hatten. Sie befanden sich auf einer großen Ebene, die von unzähligen Wasserläufen in unzählige kleine Inseln zerschnitten wurde. Die Inseln waren mit grobem Gras bewachsen und von Schilf und Binsen gesäumt. Da und dort gab es riesige, mit Binsen bewachsene Flächen. Dort erhoben und senkten sich ständig Wolken von Vögeln – Enten, Schnepfen, Rohrdommeln und Reiher.

Viele vereinzelte Wigwams wie der, in dem sie die Nacht verbracht hatten, standen umher, doch sie lagen weit voneinander, denn Moorwackler sind gerne für sich. Abgesehen von dem ein paar Kilometer entfernten Waldrand im Süden und im Westen war kein einziger Baum zu sehen. Am Horizont in Richtung Osten verlief sich der flache Sumpf in niedrige Sandhügel, und an dem salzigen Geruch des Windes, der aus dieser Richtung blies, konnte man ablesen, daß dort das Meer lag. Im Norden sah man niedrige, fahle Berge, und stellenweise ragten dort Felsen auf. Alles andere war flacher Sumpf. An einem düsteren Abend wäre es ein niederdrückender Ort gewesen. Doch jetzt unter der Morgensonne besehen, mit einem frischen Wind und einer von Vogelgesang erfüllten Luft, hatte diese Einsamkeit etwas Frisches und Gesundes an sich. Die Kinder fühlten, wie ihre Energie wuchs.

»Wo ist wohl dieser Dingsbums hin?« fragte Jill.

»Der Moorwackler«, sagte Eustachius, als wäre er ziemlich stolz, daß er dieses Wort kannte. »Ich nehme an . . . oh, das muß er sein.« Und dann sahen sie ihn beide. Er saß etwa fünfzig Meter entfernt mit dem Rücken zu ihnen und angelte. Zuerst hatte man ihn nicht gut sehen können, weil er fast die gleiche Farbe hatte wie der Sumpf und weil er so ruhig dasaß.

»Ich glaube, wir gehen besser hin und reden mit ihm«, sagte Jill. Eustachius nickte. Sie waren beide ein wenig nervös.

Als sie näher kamen, wandte die Gestalt den Kopf und zeigte ihnen ein langes, dünnes, bartloses Gesicht mit eingefallenen Wangen, einem fest geschlossenen Mund und einer scharfen Nase. Der Moorwackler trug einen hohen, wie ein Kirchturm nach oben spitz zulaufenden Hut mit einer riesigen, breiten flachen Krempe. Das lockige Haar, sofern man es so nennen konnte, das über seine großen Ohren herabhing, war grünlichgrau, und die Locken waren nicht rund, sondern eher flach, wodurch sie aussahen wie winzige Schilfblätter. Sein Gesicht trug einen feierlichen Ausdruck, es war schlammfarben, und man konnte sofort sehen, daß er das Leben für eine sehr ernste Sache hielt.

»Guten Morgen, meine lieben Gäste«, sagte er. »Obwohl ich mit *gut* nicht sagen will, daß es nicht noch Regen geben wird – oder vielleicht auch Schnee oder Nebel oder ein Gewitter. Ihr konntet sicher nicht schlafen, nehme ich an.«

»Doch, doch«, sagte Jill. »Wir haben phantastisch geschlafen.«

»Ah«, sagte der Moorwackler und schüttelte den Kopf. »Ich sehe, daß ihr das Beste aus dieser üblen Lage macht. Das ist recht. Ihr seid gut erzogen, ja, das seid ihr. Ihr habt gelernt, gute Miene zum bösen Spiel zu machen.«

»Bitte, wir wissen nicht, wie du heißt«, sagte Eustachius.

»Trauerpfützler ist mein Name. Aber es macht nichts, wenn ihr ihn wieder vergeßt. Ich kann ihn euch ja noch einmal sagen.«

Die Kinder setzten sich rechts und links von ihm hin.

Jetzt sahen sie, daß er sehr lange Arme und Beine hatte, und so war er, wenn er aufstand, größer als die meisten Männer, obwohl sein Körper kaum größer war als der eines Zwergs. Die Finger an seinen Händen waren wie bei einem Frosch mit Häuten verbunden, und genauso war es mit seinen bloßen Füßen, die er ins schlammige Wasser baumeln ließ. Er hatte erdfarbene Kleider an, die lose an ihm herunterhingen.

»Ich versuche, ein paar Aale zu fangen, um einen Aaleintopf zum Mittagessen zu kochen«, sagte Trauerpfützler. »Obwohl ich mich nicht wundern würde, wenn ich keinen einzigen fänge. Und falls doch, so wird es euch vermutlich nicht schmecken.«

»Warum nicht?« fragte Eustachius.

»Nun, es besteht kein Grund, warum euch unsere Speisen schmecken sollten, obwohl ich nicht bezweifle, daß ihr euch nichts anmerken lassen würdet. Trotzdem könntet ihr beiden währenddessen versuchen, das Feuer anzuzünden – versuchen schadet ja nichts! Das Holz ist hinter dem Wigwam. Vielleicht ist es naß. Ihr könntet es im Wigwam anzünden, dann bekommen wir den ganzen Rauch in die Augen. Ihr könntet es auch draußen anzünden, und dann fängt es an zu regnen und das Feuer verlöscht. Hier ist meine Zunderbüchse. Ihr werdet nicht wissen, wie man damit umgeht, nehme ich an.«

Aber Eustachius hatte diese Dinge bei seinem letzten Abenteuer gelernt. Die Kinder rannten zusammen zurück zum Wigwam, fanden das Holz (es war vollkommen trocken), und es gelang ihnen, das Feuer ohne die üblichen Schwierigkeiten anzuzünden. Dann setzte sich Eustachius hin und bewachte es, während Jill sich aufmachte, um sich im nächsten Wasserlauf ein wenig zu waschen – was nicht sehr angenehm war. Dann setzte sie sich ans Feuer, und Eustachius wusch sich. Danach fühlten sich beide viel frischer, aber sehr hungrig.

Bald darauf gesellte sich der Moorwackler zu ihnen. Obwohl er gesagt hatte, er würde vermutlich nichts fangen, hatte er ungefähr ein Dutzend Aale mitgebracht, die er schon gehäutet und ausgenommen hatte. Er setzte einen großen Topf auf, schürte das Feuer und zün-

dete seine Pfeife an. Die Moorwackler rauchen einen sehr eigenartigen, schweren Tabak (manche sagen, sie würden ihn mit Schlamm mischen), und den Kindern fiel auf, daß der Rauch aus seiner Pfeife kaum in die Luft aufstieg. Er rieselte aus dem Pfeifenkopf heraus nach unten und zog wie Nebel am Boden entlang. Er war sehr dunkel und brachte Eustachius zum Husten.

»So«, sagte Trauerpfützler. »Die Aale müssen ewig lange kochen, und sicher wird einer von euch vor Hunger ohnmächtig, bevor sie gar sind. Ich kannte ein kleines Mädchen – aber diese Geschichte erzähle ich euch lieber nicht. Sie könnte euch entmutigen, und das will ich ganz und gar nicht. Damit ihr nicht an euren Hunger denkt, könnten wir ja über unsere Pläne reden.«

»Ja, tun wir das«, sagte Jill. »Kannst du uns helfen, Prinz Rilian zu finden?«

Der Moorwackler zog seine Wangen nach innen, bis sie hohler waren, als man es für möglich gehalten hätte. »Nun, ich weiß nicht, ob ihr das *helfen* nennen könnt«, sagte er. »Ich weiß nicht, ob da überhaupt jemand *helfen* kann. Es ist ganz klar, daß wir auf unserer Reise nach Norden nicht weit kommen werden, nicht zu dieser Jahreszeit, wo es ja bald Winter wird. Und es wird einen frühen Winter geben, so, wie es aussieht. Aber davon dürft ihr euch nicht unterkriegen lassen. Wahrscheinlich wird uns bei all den Feinden, den Bergen, den Flüssen, die wir überqueren müssen, den falschen Wegen, die wir einschlagen werden, dem Hunger, den wir erleiden müssen, und den zerschundenen Füßen das Wetter kaum auffallen. Und wenn wir auch nicht weit genug kommen, um etwas auszurichten, so werden wir doch weit genug kommen, um eine Ewigkeit für den Rückweg zu brauchen.«

Beiden Kindern war aufgefallen, daß er »wir« sagte und nicht »ihr«, und beide riefen im gleichen Augenblick: »Du kommst also mit uns?«

»O ja, natürlich. Eigentlich spricht nichts dagegen. Ich glaube nicht, daß wir den König in Narnia jemals wieder zu Gesicht bekommen, jetzt, wo er zu anderen Ländern aufgebrochen ist: und er hatte einen bösen Husten bei seiner Abreise. Und was Trumpkin betrifft – mit dem geht es bald zu Ende. Und nach diesem schrecklich trockenen Sommer wird es bestimmt eine schlechte Ernte geben. Und es würde mich nicht wundern, wenn uns ein Feind angreifen würde. Denkt an meine Worte.«

»Und wie werden wir anfangen?« fragte Eustachius.

»Nun«, sagte der Moorwackler sehr langsam, »alle anderen, die jemals nach Prinz Rilian gesucht haben, fingen bei der Quelle an, wo Lord Drinian die Frau gesehen hat. Sie gingen meistens nach Norden. Und da keiner von ihnen jemals zurückkam, kann man nicht genau sagen, wie sie weitergegangen sind.«

»Als erstes müssen wir eine zerfallene Stadt der Riesen finden«, meinte Jill. »Das hat Aslan gesagt.«

»Als erstes müssen wir sie *finden,* wie?« antwortete Trauerpfützler. »Es ist wohl nicht gestattet, sie erst einmal zu *suchen,* was?«

»Das habe ich natürlich gemeint«, sagte Jill. »Und dann, wenn wir sie gefunden haben . . .«

»Ja, wenn!« sagte Trauerpfützler trocken.

»Weiß irgend jemand, wo sie ist?« fragte Eustachius.

»Ich weiß nicht, wie das mit irgend jemandem ist«, antwortete Trauerpfützler. »Ich will auch nicht behaupten, ich hätte nie von der zerfallenen Stadt gehört. Aber in diesem Fall würde man nicht bei der Quelle anfangen. Man müßte über das Ettinsmoor gehen. Dort ist die Ruinenstadt, wenn sie überhaupt irgendwo ist. Aber ich bin in dieser Richtung schon so weit gegangen wie kaum einer, und ich habe keine Ruinen gesehen, das will ich nicht leugnen.«

»Wo ist das Ettinsmoor?« fragte Eustachius.

»Schau nach Norden«, entgegnete Trauerpfützler und deutete mit seiner Pfeife. »Siehst du die Berge und die Felsen? Dort fängt das Ettinsmoor an. Aber davor liegt ein Fluß, der Scribble. Natürlich gibt es keine Brücke.«

»Aber ich nehme doch an, daß wir hinüberwaten können«, meinte Eustachius.

»Nun, man hat ihn schon gelegentlich durchwatet«, gab der Moorwackler zu.

»Vielleicht treffen wir im Ettinsmoor Leute, die uns den Weg sagen können«, meinte Jill.

»Leute werden wir dort treffen, da hast du ganz recht«, sagte Trauerpfützler.

»Was für Leute leben dort?« fragte Jill.

»Sie sind auf ihre Art schon in Ordnung«, antwortete Trauerpfützler, »wenn man ihre Art mag.«

»Ja, aber *wie* sind sie?« drängte Jill. »Es gibt so viele eigenartige Geschöpfe in diesem Land. Ich hätte gern gewußt, ob es Tiere sind oder Zwerge oder was sonst?«

Der Moorwackler stieß einen langgezogenen Pfiff aus. »Puh!« sagte er. »Wißt ihr das nicht? Ich dachte, die Eulen hätten es euch gesagt.

Es sind Riesen.«
Jill zuckte zusammen. Sie mochte nicht einmal die Riesen in den Büchern, und einmal war sie in einem Alptraum einem begegnet. Dann sah sie das Gesicht von Eustachius, das ziemlich grün geworden war, und sie dachte sich: Ich wette, er hat noch mehr Angst als ich. Das machte ihr Mut.
»Der König hat mir vor langer Zeit erzählt – damals, als ich mit ihm auf See war«, sagte Eustachius, »er habe diese Riesen im Krieg geschlagen, und sie müßten jetzt Tribut zahlen.«
»Das stimmt«, meinte Trauerpfützler. »Sie leben tatsächlich mit uns in Frieden. Solange wir auf unserer Seite des Flusses bleiben, tun sie uns nichts. Aber drüben auf ihrer Seite, auf dem Moor . . . nun, eine Chance haben wir immerhin. Wenn wir keinem von ihnen zu nahe kommen und wenn sich keiner von ihnen vergißt, und wenn wir nicht gesehen werden, dann ist es vielleicht möglich, daß wir ein gutes Stück schaffen.«
»Hör mal!« sagte Eustachius, der plötzlich die Beherrschung verlor, wie das leicht passiert, wenn man erschreckt worden ist. »Ich glaube nicht, daß die Sache halb so schlimm ist, wie du sie darstellst; genauso, wie das Bett im Wigwam nicht hart und das Holz nicht naß war. Ich glaube nicht, daß Aslan uns jemals ausgesandt hätte, wenn unsere Chancen so gering wären.«
Er erwartete eine ärgerliche Antwort, aber der Moorwackler sagte nur: »So ist's recht, Eustachius. So muß man reden. Man sollte gute Miene zum bösen Spiel machen. Aber wir müssen uns alle anstrengen, nicht die Beherrschung zu verlieren, in Anbetracht der harten Zeiten, die vor uns liegen. Es bringt nichts, wenn wir uns streiten. Auf jeden Fall sollten wir nicht zu früh damit anfangen. Ich weiß, daß derartige Expeditionen gewöhnlich so enden. Vermutlich werden wir mit dem Messer aufeinander losgehen, bevor wir am Ziel sind. Aber je länger wir es hinausschieben können . . .«
»Nun, wenn du es für so hoffnungslos hältst«, unterbrach Eustachius, »dann solltest du besser hierbleiben. Jill und ich können allein gehen, nicht wahr, Jill?«
»Halt den Mund, und sei nicht so doof«, warf Jill hastig ein, denn sie hatte Angst, der Moorwackler könne Eustachius beim Wort nehmen.
»Verliere nicht den Mut, Jill«, sagte Trauerpfützler. »Ich komme mit, daran gibt es nichts zu rütteln. Ich werde eine Gelegenheit wie diese nicht versäumen. Das wird mir guttun. Alle sagen – ich meine die anderen Wackler –, ich sei zu leichtsinnig; ich nähme das Leben nicht

ernst genug. Das haben sie Tausende Male gesagt. ›Trauerpfützler‹, sagen sie, ›du bist viel zu voreilig und überschwenglich – ein übermütiger Springinsfeld. Du mußt lernen, daß das Leben nicht nur aus Froschfrikassee und Aalpastete besteht. Du mußt etwas tun, wodurch du vernünftiger wirst. Wir sagen das nur zu deinem eigenen Besten, Trauerpfützler.‹ So sagen sie. Eine derartige Aufgabe – eine Reise nach Norden, jetzt, wo der Winter anfängt, und die Suche nach einem Prinzen, der vermutlich nicht da ist, durch eine Ruinenstadt, die noch keiner gesehen hat – ist genau das richtige. Wenn das einen Kerl nicht zur Vernunft bringt, dann weiß ich auch nicht.« Und er rieb sich seine großen, froschartigen Hände, als spräche er davon, zu einer Party oder ins Theater zu gehen. »Und jetzt wollen wir nachsehen, wie weit die Aale sind«, fügte er hinzu.
Das Essen war ausgezeichnet, und beide Kinder nahmen sich zwei große Portionen. Zuerst wollte der Moorwackler nicht glauben, daß es ihnen wirklich schmeckte, und als sie so viel gegessen hatten, daß er ihnen glauben mußte, meinte er statt dessen, es würde ihnen bestimmt ganz und gar nicht bekommen. »War für einen Moorwackler gut ist, mag für die Menschen Gift sein; es würde mich nicht wundern«, sagte er. Nach dem Essen tranken sie Tee aus Blechdosen (so, wie das die Straßenbauarbeiter tun), und Trauerpfützler nahm ein paar Schlucke aus einer viereckigen schwarzen Flasche. Er bot sie den Kindern an, aber beide fanden das Zeug ganz fürchterlich.
Den Rest des Tages verbrachten sie damit, sich für einen frühen Aufbruch am nächsten Morgen vorzubereiten. Trauerpfützler, der bei weitem der größte von ihnen war, sagte, er wolle drei Decken tragen und darin eingewickelt ein großes Stück Speck. Jill sollte die restlichen Aale, ein paar Kekse und die Zunderbüchse tragen. Eustachius mußte seinen eigenen Umhang und den von Jill nehmen, wenn die beiden sie nicht anhatten. Eustachius (der ein wenig Bogenschießen gelernt hatte, als er mit Kaspian nach Osten gesegelt war) bekam Trauerpfützlers zweitbesten Bogen. Trauerpfützler selbst nahm den besten, obwohl die Chance, wie er sagte, hundert zu eins sei, bei Wind, mit feuchten Bogensehnen, bei schlechtem Licht und mit kalten Fingern etwas zu treffen. Er und Eustachius hatten jeweils ein Schwert – Eustachius hatte das Schwert mitgebracht, das man ihm in seinem Zimmer in Feeneden hingelegt hatte, doch Jill mußte sich mit ihrem Messer zufriedengeben. Deswegen hätte es fast Streit gegeben, aber sobald sie damit anfingen, rieb sich der Wackler die Hände und sagte: »Aha, es geht also schon los.« Da hielten sie beide den Mund.

Alle drei gingen schon früh im Wigwam zu Bett. Diesmal verbrachten die Kinder wirklich eine ziemlich schlimme Nacht. Trauerpfützler sagte noch: »Ihr solltet versuchen, ein wenig zu schlafen, obwohl ich nicht glaube, daß einer von uns heute nacht ein Auge zutut« und fing dann sofort an, so unablässig und so laut zu schnarchen, daß Jill, als sie endlich einschlief, die ganze Nacht von Preßluftbohrern und Wasserfällen und durch Tunnels fahrenden Schnellzügen träumte.

Das wilde Ödland im Norden

Etwa um neun Uhr am nächsten Morgen suchten sich drei einsame Gestalten auf Sandbänken und flachen Steinen einen Weg über den Scribble. Es war ein seichter, laut brausender Fluß, und selbst Jill war nur bis zu den Knien hinauf naß, als sie am nördlichen Ufer ankamen. Etwa fünfzig Meter vor ihnen stieg das Land zum Hochmoor hinauf an. Überall war es steil, und vereinzelt sah man Felsen.

»Ich glaube, dort ist unser Weg!« sagte Eustachius und deutete nach links in Richtung Westen, wo vom Moor her durch eine niedrige Schlucht ein Fluß austrat. Aber der Moorwackler schüttelte den Kopf.

»Die Riesen leben vorwiegend am Rand dieser Schlucht«, sagte er. »Man könnte fast sagen, die Schlucht sei für sie eine Straße. Es ist besser, wenn wir geradeaus gehen, auch wenn es ein bißchen steil ist.«

Sie fanden eine Stelle, wo sie hinaufklettern konnten, und nach ungefähr zehn Minuten standen sie schnaufend oben. Sie warfen einen sehnsüchtigen Blick auf das unter ihnen liegende Narnia und wandten sich dann nach Norden. Das weite, einsame Moor erstreckte sich nordwärts, so weit sie sehen konnten. Zu ihrer Linken war es steiniger. Jill dachte sich, das müsse der Rand der Schlucht der Riesen sein, und so schaute sie nicht allzu gern in diese Richtung. Sie machten sich auf den Weg.

Auf dem federnden Boden ließ es sich gut laufen, und eine fahle Wintersonne schien auf sie herab. Tiefer im Moor wurde es immer einsamer: Kiebitze waren zu hören und ab und zu ein Falke. Als sie am späten Vormittag in einer kleinen Kuhle an einem Bach rasteten und tranken, bekam Jill langsam das Gefühl, Abenteuer könnten ihr doch Spaß machen. Das sagte sie dann auch.

»Wir haben noch keines erlebt«, entgegnete der Moorwackler.

Wenn man nach einer kurzen Rast weitergeht, ist es genauso, wie wenn die Schule nach der Pause wieder anfängt oder wenn man nach dem Umsteigen mit einem anderen Zug weiterfährt – es ist hinterher nie mehr so wie zuvor. Als sie sich wieder auf den Weg machten, bemerkte Jill, daß der felsige Rand der Schlucht näher gekommen war. Und die Felsen waren nicht mehr so flach wie vorher, sondern sie standen aufrecht. Tatsächlich sahen sie aus wie kleine Felsentürme. Und was für eigenartige Formen sie hatten!

Ich glaube, dachte Jill, daß all die Geschichten über Riesen vermutlich von diesen komischen Felsen herstammen. Wenn man hier im Halbdunkel vorbeikäme, könnte man diese Felsenhaufen ohne weiteres für Riesen halten. Der da zum Beispiel! Man könnte fast meinen, der Klumpen ganz oben sei ein Kopf. Er wäre zwar ziemlich groß für den Körper, aber bei einem sehr häßlichen Riesen wäre das schon denkbar. Und das bauschige Zeug – ich nehme an, es sind in Wirklichkeit Heidekrautbüschel und Vogelnester – könnte ohne weiteres das Haar und der Bart sein. Und die Dinger, die an den Seiten abstehen, sehen genauso aus wie Ohren. Es wären zwar furchtbar große Ohren, aber vermutlich haben die Riesen große Ohren, genauso wie Elefanten und – oooh . . .!

Jill gerann das Blut in den Adern. Das Ding bewegte sich. Es war wirklich ein Riese. Es gab keinen Zweifel, sie hatte ihn den Kopf drehen sehen. Sie hatte einen Blick auf das große, dumme, pausbäckige Gesicht erhascht. Alle diese Dinger waren Riesen und keine Felsen. Es waren vierzig oder fünfzig, alle in einer Reihe. Offensichtlich standen sie mit den Füßen auf dem Grund der Schlucht und hatten die Ellbogen oben auf dem Rand aufgestützt.

»Geht geradeaus weiter«, flüsterte Trauerpfützler, der die Riesen ebenfalls entdeckt hatte. »Schaut sie nicht an. Und vor allem – rennt nicht! Sonst sind sie im nächsten Moment alle hinter uns her!«

Also gingen sie weiter und taten so, als hätten sie die Riesen gar nicht bemerkt. Es war, wie wenn man am Tor eines Hauses vorbeigeht, wo es einen bissigen Hund gibt, nur noch viel schlimmer. Es waren furchtbar viele Riesen. Sie sahen weder wütend noch freundlich aus und zeigten auch keinerlei Interesse. Nichts deutete darauf hin, daß sie die Wanderer gesehen hatten.

Dann – schwirr – schwirr – schwirr – kam ein schwerer Gegenstand durch die Luft geflogen, und mit einem dumpfen Schlag traf ein großer Felsbrocken etwa zwanzig Schritt vor ihnen auf. Und dann – bumm! – fiel ein zweiter fünf Meter hinter ihnen zu Boden.

»Zielen sie auf uns?« fragte Eustachius.
»Nein«, sagte Trauerpfützler. »Wir wären um einiges sicherer, wenn sie das täten. Sie versuchen, *das da* zu treffen – den Steinhaufen dort drüben. Sie werden ihn aber nicht treffen. Es ist nicht allzu gefährlich; sie werfen furchtbar schlecht. An schönen Vormittagen sind sie meistens mit diesem Wurfspiel beschäftigt. Es ist so ziemlich das einzige Spiel, für das ihr Verstand ausreicht.«
Es war schrecklich. Die Reihe der Riesen schien nicht enden zu wollen, und die Riesen hörten nicht auf, Steine zu schleudern, von denen einige ganz in ihrer Nähe niederfielen. Ganz abgesehen von der Gefahr, genügte schon der Anblick ihrer Gesichter und der Klang ihrer Stimmen, um einem Angst einzujagen. Jill bemühte sich, nicht hinzusehen.
Etwa nach fünfundzwanzig Minuten bekamen die Riesen offensichtlich Streit. Sie hörten mit dem Wurfspiel auf, aber es ist nicht gerade angenehm, sich mitten zwischen streitenden Riesen aufzuhalten. Sie wüteten und tobten und riefen sich lange, bedeutungslose Worte zu, von denen jedes etwa zwanzig Silben hatte. Sie schäumten und bockten und hüpften in ihrer Wut, und jeder Sprung brachte die Erde zum Beben. Sie schlugen sich gegenseitig mit großen, plumpen Steinhämmern auf den Kopf; aber ihre Schädel waren so hart, daß die Hämmer erfolglos abprallten, und dann ließ derjenige, der den Schlag ausgeführt hatte, den Hammer fallen und heulte vor Schmerz auf, weil ihm die Hand weh tat. Aber er war so dumm, daß er eine Minute später wieder von vorne anfing. Auf die Dauer gesehen, war das eine gute Sache, denn nach einer Stunde taten den Riesen die Hände so weh, daß sie sich hinsetzten und weinten. Wenn sie sich hinsetzten, verschwanden ihre Köpfe unter dem Rand der Schlucht, und man sah sie nicht mehr; aber Jill konnte sie noch heulen und weinen und plärren hören wie große Säuglinge, als die Stätte schon einen Kilometer hinter ihnen lag.
In dieser Nacht lagerten sie auf dem kahlen Moor, und Trauerpfützler zeigte den Kindern, daß man die Decken am besten ausnützen kann, wenn man Rücken an Rücken schläft (so hält man sich gegenseitig warm und kann zwei Decken über sich legen). Aber selbst dann war es noch kalt, und die Erde war hart und uneben. Der Moorwackler sagte den Kindern, sie würden sich besser fühlen, wenn sie daran dächten, wieviel kälter es weiter im Norden sei; aber das munterte sie überhaupt nicht auf.
Sie wanderten viele Tage lang über das Ettinsmoor. Den Speck hoben

sie auf und ernährten sich hauptsächlich von den hier lebenden Vögeln (es waren natürlich keine sprechenden Vögel), die Eustachius und der Wackler schossen. Jill beneidete Eustachius, weil er schießen konnte. Das hatte er, wie schon gesagt, auf seiner Reise mit König Kaspian gelernt. Da es im Moor viele Bäche gab, wurde das Wasser nie knapp. Wenn in Büchern die Menschen von dem leben, was sie finden, dachte Jill, dann ist dort nie davon die Rede, welch langwierige und schmutzige Angelegenheit es ist, tote Vögel zu rupfen und auszunehmen, und was für kalte Finger man davon bekommt. Aber gut war, daß sie kaum Riesen trafen. Ein Riese sah sie, aber er lachte nur dröhnend und stampfte seinen eigenen Geschäften nach.

Etwa am zehnten Tag erreichten sie eine Stelle, wo die Landschaft sich veränderte. Sie kamen zur nördlichen Grenze des Moors und blickten einen langen, steilen Abhang hinab auf ein anderes, noch grimmigeres Land. Am Fuß des Abhangs ragten Felsen empor; dahinter lagen hohe Berge, dunkle Senken, steinige Täler, Schluchten, so tief und so schmal, daß man nur ein kleines Stück weit hineinsehen konnte, und Flüsse, die sich aus hallenden Klammen ergossen und tosend in schwarze Tiefen stürzten. Es erübrigt sich zu sagen, daß es Trauerpfützler war, der die Kinder auf den spärlichen Schnee hinwies, der auf den weiter entfernten Abhängen lag.

»Aber ich würde mich nicht wundern, wenn auf den Nordhängen noch mehr läge«, fügte er hinzu.

Sie brauchten eine Weile, bis sie am Fuß des Abhangs ankamen. Vom Rand des Kliffs blickten sie auf einen Fluß hinab, der unter ihnen von Westen nach Osten verlief. Er war auf beiden Seiten von steilen Hängen gesäumt, war grün und dunkel, voller Stromschnellen und Wasserfälle. Selbst da, wo sie standen, bebte die Erde unter dem Brausen des Wassers.

»Das schöne daran ist«, sagte Trauerpfützler, »wenn wir uns beim Überklettern der Felsen das Genick brechen, müssen wir wenigstens nicht im Fluß ertrinken.«

»Was sagt ihr dazu?« rief Eustachius plötzlich und deutete flußaufwärts. Sie schauten alle in die angegebene Richtung und sahen, was sie am allerwenigsten erwartet hatten – eine Brücke. Und was für eine Brücke! Es war ein riesiger, einzelner Brückenbogen, der die Schlucht von Kliff zu Kliff überspannte; und der höchste Punkt dieses Brückenbogens lag so hoch über dem Fluß, wie der Turm der St.-Pauls-Kirche in London über der Straße liegt.

»Meine Güte, diese Brücke müssen Riesen gebaut haben«, meinte Jill.

»Oder eher ein Zauberer«, sagte Trauerpfützler. »An einem Ort wie dem hier müssen wir mit Zaubereien rechnen. Ich glaube, es ist eine Falle. Ich glaube, sie wird sich in Nebel auflösen und wegschmelzen, gerade wenn wir in der Mitte sind.«
»Sei doch um Himmels willen kein solcher Miesmacher«, sagte Eustachius. »Warum sollte es denn keine richtige Brücke sein?«
»Meinst du, irgendeiner der Riesen, die wir gesehen haben, hätte genug Verstand, so ein Ding zu bauen?« fragte Trauerpfützler.
»Kann es nicht von anderen Riesen gebaut worden sein?« wollte Jill wissen. »Ich meine von Riesen, die vor ein paar hundert Jahren gelebt haben und die viel klüger waren als die heutigen. Vielleicht ist sie von denen errichtet worden, die auch die Riesenstadt gebaut haben, nach der wir suchen. Und das würde bedeuten, daß wir auf der richtigen Spur sind – die alte Brücke, die zur alten Stadt führt!«
»Ich glaube, du hast recht, Jill«, sagte Eustachius. »Kommt!«
Also schlugen sie den Weg zur Brücke ein. Und als sie dort ankamen, schien sie ihnen tatsächlich sehr stabil zu sein. Die einzelnen Steine, gewaltige Blöcke, mußten einst von tüchtigen Steinmetzen behauen worden sein, obwohl sie jetzt Sprünge zeigten und stellenweise abbröckelten. Die Brüstung war offensichtlich reich verziert gewesen. Einige Spuren davon waren noch zu sehen: zerfallene Gesichter und Körper von Riesen, Minotauren, Tintenfische, Hundertfüßler und schreckliche Götterfratzen. Trauerpfützler traute der Brücke noch immer nicht, aber er willigte ein, sie mit den Kindern zu überqueren.
Der Marsch zum höchsten Punkt des Brückenbogens war lang und beschwerlich. An vielen Stellen waren die großen Steine ausgebrochen, was entsetzliche Lücken ergab, durch die man auf den Fluß hinabblickte, der Tausende Fuß unter ihnen schäumte. Sie sahen einen Adler, der unter ihren Füßen hindurchflog. Und je höher sie kamen, desto kälter wurde es, und der Wind blies so stark, daß sie fast weggeweht wurden. Er schien sogar an der Brücke zu rütteln.
Als sie oben ankamen und auf der anderen Seite der Brücke hinunterschauen konnten, sahen sie etwas, was so aussah wie eine alte Riesenstraße. Sie führte von ihnen weg ins Herz der Berge. Viele der Pflastersteine fehlten, und zwischen den noch verbleibenden waren große Grasflecken zu sehen. Und auf dieser alten Straße kamen zwei Gestalten angeritten, so groß wie normale Erwachsene.
»Weiter. Geht auf sie zu!« sagte Trauerpfützler. »Jeder, den man an einem Ort wie dem hier trifft, ist höchstwahrscheinlich ein Feind, aber sie dürfen nicht denken, wir hätten Angst vor ihnen.«

Als sie von der Brücke auf das Gras traten, waren die beiden Fremden schon ganz nah. Das eine war ein Ritter in voller Rüstung und mit geschlossenem Visier. Seine Rüstung und sein Pferd waren schwarz; auf seinem Schild war kein Zeichen und auf seinem Speer kein Fähnchen. Das andere war eine Frau auf einem weißen Pferd, einem so wunderschönen Pferd, daß man sofort Lust bekam, es auf die Nase zu küssen und ihm ein Stück Zucker zu geben. Aber die Dame, die auf einem Damensattel ritt und ein langes, flatterndes Kleid in strahlendem Grün trug, war noch schöner.
»Guten Tag, R-r-reisende«, rief sie mit einer Stimme, die so süß war wie der süßeste Vogelgesang, und sie rollte wunderhübsch das R. »Ihr beiden seid noch sehr jung, um dieses rauhe Ödland zu überqueren.«
»Das ist schon möglich, meine Dame«, entgegnete Trauerpfützler sehr förmlich und auf der Hut.
»Wir suchen die Ruinenstadt der Riesen«, sagte Jill.
»Die R-r-ruinenstadt?« fragte die Dame. »Da sucht ihr aber einen eigentümlichen Ort. Und was tut ihr, wenn ihr sie gefunden habt?«
»Wir müssen . . .« begann Jill, doch Trauerpfützler unterbrach sie.
»Mit Verlaub, meine Dame, aber wir kennen weder Euch noch Euren Begleiter – ein schweigsamer Bursche, was? –, und Ihr kennt uns nicht. Und wir möchten mit Fremden lieber nicht über unsere Geschäfte reden, wenn Ihr nichts dagegen habt. Was meint Ihr, ob es wohl bald ein wenig regnen wird?«
Die Dame lachte: es war das vollste, musikalischste Lachen, das man sich vorstellen kann. »Nun, Kinder«, sagte sie. »Ihr habt einen weisen, ernsthaften Führer. Ich nehme es ihm nicht übel, daß er seine Absichten für sich behält; aber ich werde nicht so verschwiegen sein. Ich habe schon oft von der Ruinenstadt der Riesen gehört, aber ich habe noch niemand getroffen, der mir den Weg dorthin sagen konnte. Diese Straße führt zur Stadt und zum Schloß Harfang, wo die sanften Riesen wohnen. Sie sind so freundlich, so höflich, so besonnen und so liebenswürdig, wie die Riesen von Ettinsmoor dumm, wild, grausam und zu jeder Scheußlichkeit bereit sind. In Harfang erfahrt ihr vielleicht etwas über die Ruinenstadt, vielleicht auch nicht, aber ganz gewiß werdet ihr dort gute Unterkunft und fröhliche Gastgeber vorfinden. Ihr würdet gut daran tun, dort zu überwintern oder zumindest ein paar Tage dort zu verweilen, es euch wohlergehen zu lassen und auszuruhen. Dort werdet ihr dampfende Bäder, weiche Betten und helle, flackernde Feuerstellen vorfinden; und Gebratenes und Gebackenes, Süßes und Saures wird viermal täglich serviert.«

»Donnerwetter!« rief Eustachius. »Das hört sich gut an! Wenn ich nur daran denke, wieder in einem Bett zu schlafen!«
»Ja, und ein heißes Bad zu nehmen«, sagte Jill. »Meint Ihr, sie werden uns auffordern, dort zu bleiben? Wir kennen sie ja nicht.«
»Sagt ihnen nur«, entgegnete die Dame, »daß sie, die Grüngewandete, durch euch grüßen läßt und ihnen zwei liebliche Kinder vom Süden zum Herbstfest schickt.«
»Oh, danke, vielen herzlichen Dank«, sagten Jill und Eustachius.
»Aber paßt auf«, fügte die Dame hinzu, »daß ihr nicht zu spät am Tag ankommt. Denn sie schließen die Tore ein paar Stunden nach Mittag, und es ist der Brauch des Schlosses, daß keinem geöffnet wird, wenn die Tore einmal verriegelt sind, wie laut er auch immer klopfen mag.«
Die Kinder dankten ihr noch einmal mit glänzenden Augen, und die Dame winkte ihnen zu. Der Moorwackler nahm seinen spitzen Hut ab und verbeugte sich sehr förmlich. Dann ritten der stumme Ritter und dic Dame mit lautem Hufgeklapper über die Brücke davon.
»Nun!« sagte Trauerpfützler. »Ich würde viel dafür geben, zu erfahren, wo *sie* herkommt und wohin sie unterwegs ist. Sie ist nicht gerade von der Art, die man in der Wildnis des Riesenlandes erwarten würde, was? Ich wette, daß sie nichts Gutes im Schilde führt.«
»Ach was!« meinte Eustachius. »Ich fand sie einfach großartig. Und denkt nur an die warmen Mahlzeiten und an die geheizten Zimmer! Ich hoffe nur, daß es bis Harfang nicht mehr weit ist.«
»Ich auch«, gab Jill zu. »Und hatte sie nicht ein phantastisches Kleid an? Und das Pferd!«
»Trotzdem wäre es mir recht, wenn wir etwas mehr über sie wüßten«, meinte Trauerpfützler.
»Ich hätte sie gern ein wenig ausgefragt«, sagte Jill, »aber wie konnte ich das denn, wo du ihr nichts über uns erzählt hast?«
»Ja«, sagte Eustachius. »Und warum warst du so förmlich und unfreundlich? Waren dir die beiden nicht sympathisch?«
»Die beiden?« fragte der Wackler. »Was meinst du damit? Ich habe nur eine Person gesehen.«
»Hast du denn den Ritter nicht bemerkt?« fragte Jill.
»Ich sah eine Rüstung«, entgegnete Trauerpfützler. »Warum hat er den Mund nicht aufgemacht?«
»Ich nehme an, er war schüchtern«, meinte Jill. »Oder vielleicht will er sie nur ansehen und ihrer wunderschönen Stimme lauschen. Ich bin sicher, daß es mir so erginge, wenn ich an seiner Stelle wäre.«

»Ich habe mich gefragt«, bemerkte Trauerpfützler, »was man wohl sähe, wenn man das Visier des Helms lüften und hineinschauen würde.«
»Ach verdammt!« rief Eustachius. »Man braucht sich doch nur die Rüstung anzusehen. Was könnte da wohl anderes als ein Mann drin stecken?«
»Wie wäre es mit einem Skelett?« fragte der Moorwackler mit gespenstischer Heiterkeit. »Oder vielleicht«, fügte er hinzu, »überhaupt nichts. Ich meine, nichts, was man sehen kann. Jemand Unsichtbares.«
»Also wirklich, Trauerpfützler«, sagte Jill schaudernd. »Du hast schreckliche Einfälle. Wie kommst du nur auf all das?«
»Ach, zum Teufel mit seinen Einfällen!« sagte Eustachius. »Er erwartet immer das Schlimmste, und es trifft nie ein. Laßt uns an die sanften Riesen denken und so schnell wie möglich Harfang erreichen. Ich wollte, ich wüßte, wie weit es ist.«
Und jetzt hatten sie zum ersten Mal fast einen Streit, wie Trauerpfützler ihn vorhergesagt hatte, jedenfalls die erste ernsthafte Unstimmigkeit. Trauerpfützler war ganz und gar dagegen, nach Harfang zu gehen. Er meinte, er wisse nicht, was es für einen Riesen bedeutete, »sanft« zu sein, und in Aslans Zeichen sei nichts von einem Aufenthalt bei den Riesen erwähnt, seien sie nun sanft oder nicht. Doch die Kinder, die von Wind und Regen, von dürren, über dem Lagerfeuer gebratenen Vögeln und von Nächten auf kaltem, hartem Boden genug hatten, waren fest entschlossen, die sanften Riesen zu besuchen. Schließlich und endlich willigte Trauerpfützler ein, aber nur unter einer Bedingung. Die beiden mußten fest versprechen, den sanften Riesen nicht zu verraten, daß sie von Narnia kamen und auf der Suche nach Prinz Rilian waren, solange Trauerpfützler es ihnen nicht erlaubte. Dies versprachen sie, und dann machten sie sich wieder auf den Weg.
Nach dem Gespräch mit der grünen Dame verschlechterte sich die Lage in zweierlei Hinsicht. Erstens einmal wurde das Gelände viel beschwerlicher. Der Weg führte durch endlose, enge Täler, durch die ihnen unablässig ein grausamer Nordwind ins Gesicht blies. Es gab nichts, was man zum Feuermachen hätte benutzen können, und es gab keine schönen kleinen Kuhlen als Lagerstätte wie zuvor auf dem Moor. Die Erde war so steinig, daß tagsüber die Füße weh taten und nachts der ganze Körper schmerzte.
Zweitens – welches Ziel die Dame auch damit verfolgt haben mochte,

ihnen von Harfang zu erzählen, es hatte einen schlechten Einfluß auf die Kinder. Sie konnten an nichts anderes mehr denken als an Betten, heiße Bäder, warme Mahlzeiten und wie schön es sein würde, in einem Haus zu wohnen. Sie sprachen jetzt nie mehr von Aslan, ja nicht einmal mehr von dem verschollenen Prinzen. Und Jill gab ihre Angewohnheit auf, sich die Zeichen abends und morgens vorzusagen. Zuerst sagte sie sich, sie sei zu müde, aber schon bald vergaß sie es vollständig. Und obwohl man eigentlich erwartet hätte, die Vorfreude auf die guten Zeiten in Harfang müsse sie aufmuntern, wurden sie dadurch in Wirklichkeit nur noch unzufriedener und untereinander und gegenüber Trauerpfützler noch mißmutiger und unwirscher.

Schließlich kamen sie eines Nachmittags an eine Stelle, wo die Schlucht, in der sie gingen, breiter wurde. Auf beiden Seiten erhoben sich dunkle Tannenwälder. Die Wanderer stellten fest, daß sie die Berge hinter sich gelassen hatten. Vor ihnen lag eine trostlose, felsige Ebene: dahinter wieder Berge mit schneebedeckten Kuppen. Doch zwischen ihnen und den Bergen erhob sich ein niedriger Hügel mit unregelmäßiger, flacher Kuppe.

»Schaut! Schaut!« rief Jill und deutete über die Ebene. Und dort, in der sich zusammenziehenden Dunkelheit, hinter dem flachen Hügel, sahen sie Lichter. Lichter! Kein Mondlicht, kein Feuer, nein, eine anheimelnde Reihe erleuchteter Fenster. Wenn man noch nie in unwegsamer Wildnis unterwegs gewesen ist, Tag und Nacht, wochenlang, kann man kaum verstehen, was sie fühlten.

»Harfang!« riefen Eustachius und Jill mit glücklicher, aufgeregter Stimme. »Harfang«, wiederholte Trauerpfützler mit teilnahmsloser, düsterer Stimme. Doch er fügte hinzu: »Oh! Wildgänse!« Und hatte in der nächsten Sekunde schon den Bogen von der Schulter genommen und angelegt. Er schoß eine schöne, fette Gans. Es war viel zu spät, um daran zu denken, Harfang an diesem Tag zu erreichen. Aber sie hatten ein Feuer und eine heiße Mahlzeit, und so fing die Nacht wärmer an als alle vorangegangenen Nächte der letzten Woche. Nachdem das Feuer verlöscht war, wurde die Nacht bitter kalt, und als sie am nächsten Morgen erwachten, waren ihre Decken steif gefroren.

»Macht nichts!« rief Jill und stampfte mit den Füßen. »Heute abend nehmen wir ein heißes Bad.«

Es läßt sich nicht ableugnen – es war ein schrecklicher Tag. Über ihnen hing ein trüber Himmel, die Sonne war eingehüllt in Wolken, die schwer waren von Schnee; unter ihren Füßen lag schwarzer Frost, und über allem blies ein Wind, der sich so anfühlte, als wolle er einem die Haut abziehen. Als sie auf die Ebene hinunterkamen, stellten sie fest, daß dieser Teil der alten Straße viel zerfallener war als das, was sie bisher gesehen hatten. Sie mußten sich ihren Weg über große, zerbrochene Steine, zwischen Felsen und über Geröll suchen, was für ihre wunden Füße sehr beschwerlich war. Und so müde sie auch sein mochten, es war zu kalt, um zu rasten.

Etwa um zehn Uhr fielen die ersten winzigen Schneeflocken auf Jills Arm. Zehn Minuten später fielen sie schon recht dicht. Nach zwanzig Minuten war der Boden schon merklich weiß. Und nach einer halben Stunde trieb ihnen ein gleichmäßiger Schneesturm, der sich gebärdete, als wolle er den ganzen Tag so weiterblasen, ins Gesicht, daß sie kaum noch etwas sehen konnten.

Um zu verstehen, was nun folgte, darf man nicht vergessen, wie schlecht ihre Sicht war. Während sie sich dem niedrigen Hügel näherten, der sie von den erleuchteten Fenstern trennte, sahen sie das, was vor ihnen lag, nicht in seiner Gesamtheit. Sie mußten froh sein, ein paar Schritte weit zu sehen, und selbst dafür mußten sie die Augen zusammenkneifen. Es versteht sich von selbst, daß sie nicht redeten.

Als sie am Fuß des Hügels ankamen, erhaschten sie einen Blick auf die Felsen, die zu beiden Seiten lagen – viereckige Felsen, wenn man sie genau betrachtete, aber das tat keiner von ihnen. Sie waren mehr mit dem Felsensims beschäftigt, der ihnen den Weg versperrte. Dem Moorwackler mit seinen langen Beinen gelang es ohne Schwierigkeiten, hinaufzuspringen. Dann half er den anderen nach oben. Es war eine unangenehme und feuchte Angelegenheit für die beiden Kinder, denn inzwischen lag der Schnee auf dem Felsensims schon recht hoch. Dann mußten sie auf einem sehr schwierigen Gelände etwa hundert Meter weit klettern – Jill fiel einmal hin –, und dann kamen sie zu einem zweiten Sims. Insgesamt gab es mit ganz unterschiedlichen Zwischenräumen vier von diesen Felsensimsen.

Als sie sich auf den vierten hinaufgekämpft hatten, gab es keinen Zweifel mehr: sie befanden sich oben auf dem flachen Hügel. Bis jetzt hatte sie der Abhang ein wenig geschützt, doch hier waren sie ganz und gar dem wütenden Wind ausgesetzt, denn seltsamerweise war der Hügel hier oben tatsächlich so eben, wie es aus der Ferne ausgesehen hatte: es war eine große, flache Hochebene, über die ungehindert der Sturm fegte. An den meisten Stellen lag noch kaum Schnee, denn der Wind wirbelte ihn immer wieder in einer Wolke auf und trieb ihn gegen ihre Gesichter. Und um ihre Füße zogen kleine Schneewirbel, wie man das manchmal auf dem Eis sieht. Und tatsächlich war der Boden an vielen Stellen fast so glatt wie Eis. Aber was alles noch schlimmer machte, war, daß er kreuz und quer von eigenartigen Schutzwällen oder Dämmen durchzogen war, die ihn in Quadrate oder Rechtecke aufteilten. Die Wanderer mußten natürlich über all diese Dämme hinüberklettern, die zwischen einem halben und anderthalb Meter hoch und mehrere Meter dick waren. Auf der Nordseite jeder Erhebung lagen schon tiefe Schneewehen; und nach jeder Klettertour landete man in einer solchen Schneewehe und wurde naß.

Jill, die sich mit aufgesetzter Kapuze, gesenktem Kopf, die gefühllosen Hände unter den Umhang gesteckt, vorwärts kämpfte, erhaschte ab und zu einen Blick auf weitere komische Dinge auf dieser schrecklichen Hochebene – eigenartige Gebilde zu ihrer Rechten, die ganz entfernt Fabrikschornsteinen ähnelten und ein riesiger Felsen zu ihrer Linken, so kerzengerade, wie man das selten sieht. Aber Jill war an diesen Dingen nicht interessiert und verschwendete keinen Gedanken daran. Das einzige, woran sie dachte, waren ihre kalten Hände (und die Nase, das Kinn und die Ohren) und ein heißes Bad und ein weiches Bett in Harfang.

Plötzlich stolperte sie, rutschte ein Stück und spürte zu ihrem Entsetzen, wie sie in eine enge, dunkle Spalte glitt, die genau in diesem Augenblick vor ihr aufgetaucht zu sein schien. Eine halbe Sekunde später war sie unten angekommen. Sie schien sich in einer Art Graben oder Rinne zu befinden, nur einen knappen Meter breit. Und obwohl der Sturz sie erschreckt hatte, merkte sie fast sofort, wie schön es war, nicht mehr im Wind zu stehen; denn die Wände des Grabens ragten neben ihr hoch auf. Als nächstes bemerkte sie natürlich die besorgten Gesichter von Eustachius und Trauerpfützler, die von oben zu ihr hinunterstarrten.

»Hast du dir weh getan, Jill?« rief Eustachius.

»Würde mich nicht wundern, wenn du beide Beine gebrochen hättest«, rief Trauerpfützler.

Jill stand auf und erklärte, ihr sei nichts passiert, aber sie müßten ihr heraushelfen.

»Was ist denn das für ein Ding, in das du gefallen bist?« fragte Eustachius.
»Es ist eine Art Graben oder ein versenkter Weg oder so etwas«, antwortete Jill. »Er verläuft ganz gerade.«
»Bei Gott, so ist es«, meinte Eustachius. »Und er führt genau nach Norden! Ist es vielleicht eine Art Straße? Wenn das so ist, dann wären wir da unten vor dem grausamen Wind geschützt. Liegt viel Schnee da drinnen?«
»Fast gar keiner. Er wird vermutlich darüber hinweggeblasen.«
»Wie sieht es ein Stück weiter aus?«
»Sekunde. Ich muß mal nachsehen«, sagte Jill. Sie ging den Graben entlang, der aber schon bald scharf nach rechts abknickte. Jill erklärte das den beiden anderen.
»Wie sieht es dahinter aus?« fragte Eustachius.
Nun empfand Jill vor verschlungenen Gängen und dunklen, unterirdischen – oder zumindest fast unterirdischen – Plätzen das gleiche Grauen wie Eustachius am Rand von Abgründen. Sie hatte nicht vor, allein um die Ecke zu biegen. Schon gar nicht, nachdem Trauerpfützler zu ihr herunterrief:
»Sei vorsichtig, Jill. Der Graben sieht mir ganz so aus, als könne er zu einer Drachenhöhle führen. Und hier im Land der Riesen gibt es vielleicht riesige Erdwürmer oder Riesenkäfer.«
»Ich glaube nicht, daß der Weg hinter der Ecke irgendwo besonders hinführt«, sagte Jill und kam rasch zurück.
»Also, ich werde mir das auf jeden Fall einmal anschauen«, meinte Eustachius. Er setzte sich auf den Rand des Grabens (alle waren inzwischen so durchnäßt, daß es ihnen nichts ausmachte, noch ein wenig nasser zu werden) und ließ sich hinunterfallen. Er zwängte sich an Jill vorbei, und obwohl er es nicht sagte, war ihr klar, daß er wußte, daß sie zu feige gewesen war. Sie folgte ihm dicht auf den Fersen. Aber sie erlebten eine Enttäuschung. Sie bogen rechts um die Ecke und gingen dann ein paar Schritte geradeaus. Hier mußten sie sich entscheiden: entweder wieder geradeaus zu gehen oder scharf nach rechts abzubiegen. »Das führt uns wieder zurück – nach Süden.«
Eustachius ging geradeaus, aber nach ein paar Schritten knickte die Rinne wieder nach rechts ab. Doch diesmal hatten sie keine Wahl, denn hier hörte der Graben auf, dem sie gefolgt waren.
»Zwecklos«, brummte Eustachius. Jill verlor keine Zeit, drehte sich um und ging voraus. Als sie an die Stelle zurückkamen, wo Jill hinein-

gefallen war, zog der Moorwackler die beiden ohne Schwierigkeiten mit seinen langen Armen heraus.
Aber es war schrecklich, wieder oben zu sein. Unten in dem engen Graben hatten ihre Ohren fast angefangen aufzutauen. Dort hatte sie klar sehen, gut atmen und sich ohne zu schreien verständigen können. Es war ganz furchtbar, wieder der schrecklichen Kälte ausgesetzt zu sein. Und grausamerweise suchte sich Trauerpfützler genau diesen Moment aus, um zu fragen:
»Weißt du noch die Zeichen, Jill? Welches ist jetzt an der Reihe?«
»Ach was! Zum Teufel mit den Zeichen!« sagte Jill. »Daß irgend jemand Aslans Namen benutzt, glaube ich. Aber ich denke gar nicht daran, sie jetzt aufzusagen.«
Wie ihr seht, hatte sie die Reihenfolge verwechselt, weil sie es aufgegeben hatte, die Zeichen jeden Abend zu wiederholen. Sie wußte sie schon noch, hätte sie sich nur die Mühe gemacht, genau nachzudenken. Aber die Lektion saß nicht mehr so gut, daß sie die Zeichen sofort und ohne zu überlegen in der richtigen Reihenfolge herunterrasseln konnte. Trauerpfützlers Frage ärgerte sie, denn im Innersten ihres Herzens ärgerte sie sich schon über sich selbst, weil sie die Lektion des Löwen nicht mehr so gut beherrschte, wie sie das eigentlich hätte tun sollen. Weil sie sich ärgerte und weil sie so durchgefroren war, hatte sie gesagt »zum Teufel mit den Zeichen«. Sie meinte es vermutlich nicht so.
»Oh, also das mit Aslan kommt als nächstes?« meinte Trauerpfützler. »Ich frage mich, ob du recht hast. Würde mich nicht wundern, wenn du die Zeichen verwechselt hättest. Mir scheint, dieser Hügel, diese Ebene, auf der wir uns befinden, wäre es wert, genau untersucht zu werden. Habt ihr bemerkt . . .«
»Ach du lieber Gott!« protestierte Eustachius. »Wollen wir ausgerechnet jetzt stehenbleiben und die Aussicht bewundern? Laßt uns um Himmels willen weitergehen!«
»O schaut, schaut, schaut!« rief Jill.
Alle wandten sich um, und alle sahen es. Ein Stück weiter im Norden und ein ganzes Stück über der Ebene, auf der sie standen, war eine Reihe von Lichtern aufgetaucht. Diesmal war es viel offensichtlicher als am Tag zuvor: es waren Fenster; kleinere Fenster, welche die süße Vorstellung von Schlafzimmern hervorriefen, und große Fenster, bei denen man an große Hallen denken mußte, wo ein Feuer im Kamin prasselte und wo heiße Suppe oder ein saftiges Steak auf dem Tisch dampfte.

»Harfang!« rief Eustachius.
»Das ist ja alles schön und gut«, entgegnete Trauerpfützler. »Aber ich wollte sagen, daß . . .«
»Ach, sei ruhig«, rief Jill ungehalten. »Wir dürfen keine Zeit verlieren. Wißt ihr nicht mehr, daß die Dame gesagt hat, sie schließen die Tore schon sehr früh? Wir müssen rechtzeitig dort ankommen, wir müssen, wir müssen! Wir werden sterben, wenn wir eine solche Nacht draußen verbringen müssen.«
»Nun, es ist ja nicht gerade Nacht, zumindest noch nicht«, begann Trauerpfützler. Aber die beiden Kinder sagten: »Komm!« und begannen auf dem schlüpfrigen Tafelland vorwärtszustolpern, so schnell ihre Beine sie trugen. Der Moorwackler folgte ihnen; er redete noch immer, aber jetzt, wo sie wieder gegen den Wind ankämpften, hätten sie ihn auch dann nicht gehört, wenn sie es gewollt hätten. Und sie wollten nicht. Sie dachten an Bäder und Betten und heiße Getränke; und der Gedanke, sie könnten zu spät in Harfang ankommen und ausgeschlossen werden, war fast unerträglich.
Trotz ihrer Hast brauchten sie lange, um die flache Kuppe des Hügels zu überqueren. Und als sie ihn überquert hatten, mußten sie auf der anderen Seite noch über mehrere Felsensimse hinunterklettern. Aber schließlich waren sie unten angekommen und konnten sehen, wie Harfang ausschaute.
Es stand auf einem hohen Felsen, und trotz seiner vielen Türme war es eher ein riesiges Haus als ein Schloß. Offensichtlich hatten die sanften Riesen keine Angst vor einem Angriff. In der äußeren Mauer waren dicht über dem Boden Fenster – etwas, was in einer richtigen Festung undenkbar gewesen wäre. Es gab da und dort sogar komische kleine Türen, so daß es recht einfach war, in das Schloß hinein- und wieder herauszugelangen, ohne über den Schloßhof zu gehen. Das gab Eustachius und Jill neuen Mut. Dadurch sah das Ganze freundlicher und nicht so gefährlich aus.
Zuerst hatten sie Angst vor dem hohen und steilen Felsen, aber dann sahen sie, daß links ein einfacherer Weg hinaufführte, und genau auf den schlängelte sich die Straße zu. Aber es war trotzdem eine schreckliche Kletterei, nach der weiten Strecke, die sie schon zurückgelegt hatten, und Jill hätte fast aufgegeben. Eustachius und Trauerpfützler mußten ihr die letzten hundert Meter hinaufhelfen. Aber schließlich und endlich standen sie vor dem Schloßtor. Das Fallgitter war hochgezogen, und das Tor stand offen.
Wie müde man auch sein mag, es gehört schon etwas dazu, auf eine

Riesentür zuzugehen. Trotz all seiner vorherigen Warnungen war es Trauerpfützler, der am meisten Mut bewies.

»Geht jetzt ganz gleichmäßig«, sagte er. »Laßt euch nicht anmerken, daß ihr Angst habt. Es war ganz und gar töricht, überhaupt hierherzukommen; aber jetzt, wo wir hier sind, müssen wir so tun, als hätten wir keine Angst.«

Mit diesen Worten trat er in den Toreingang, blieb unter der Wölbung stehen, wo der Hall seine Stimme unterstützte, und rief, so laut er konnte, hinein.

»Hallo! Wärter! Hier sind Gäste und suchen Unterkunft!«

Und während er darauf wartete, daß etwas geschah, nahm er den Hut ab und klopfte den Schnee ab, der sich auf der breiten Krempe angesammelt hatte.

»Also ich muß schon sagen«, flüsterte Eustachius Jill zu. »Er mag ja vielleicht ein Miesmacher sein, aber er ist ganz schön mutig – und frech.«

Eine Tür öffnete sich, durch die von drinnen der wunderschöne Schimmer eines Feuers fiel. Ein Wärter trat heraus. Jill biß sich auf die Lippen, um einen Aufschrei zu unterdrücken. Es war kein wirklich riesiger Riese; das heißt, er war größer als ein Apfelbaum, aber nicht ganz so groß wie ein Telegraphenmast. Er hatte struppiges rotes Haar, trug ein Lederwams, auf dem überall Metallplättchen befestigt waren, was das Ganze zu einer Art Kettenhemd machte, hatte nackte Knie (die furchtbar haarig waren) und so etwas wie Wickelgamaschen an den Beinen. Er beugte sich nieder und glotzte Trauerpfützler an.

»Was für ein Geschöpf magst du wohl sein?« fragte er.

Jill nahm das Herz in beide Hände. »Bitte«, rief sie zu dem Riesen empor, »die grüngewandete Dame läßt den König der sanften Riesen grüßen und schickt zwei Kinder aus dem Süden und diesen Moorwackler – er heißt Trauerpfützler – für euer Herbstfest – natürlich nur, wenn es euch genehm ist«, fügte sie hinzu.

»O-ho!« meinte der Wärter. »Das ist etwas anderes. Kommt herein, Leutchen, kommt herein. Ihr kommt am besten ins Wärterhaus, während ich Seine Majestät benachrichtige.« Er schaute die Kinder neugierig an. »Blaue Gesichter«, sagte er. »Ich wußte nicht, daß sie diese Farbe haben. Mir gefallen sie jedenfalls nicht. Aber ich nehme an, daß ihr euch untereinander gefallt. Käfer mögen Käfer, wie man sagt.«

»Unsere Gesichter sind blau vor Kälte«, sagte Jill. »Sonst haben wir eine andere Farbe.«

»Dann kommt herein und wärmt euch auf. Kommt herein, ihr Knirpse«, sagte der Wärter. Sie folgten ihm ins Wärterhaus. Und obwohl es ziemlich schrecklich war, so eine große Tür hinter sich zuschlagen zu hören, vergaßen sie es, sobald sie sahen, wonach sie sich seit gestern abend gesehnt hatten – ein Feuer. Und was für ein Feuer! Es sah so aus, als loderten vier oder fünf ganze Bäume darin, und es war so heiß, daß sie ein paar Meter Abstand halten mußten. Aber sie ließen sich alle auf den Steinfußboden fallen, so nah beim Feuer, wie sie es ertragen konnten, und seufzten tief vor Erleichterung.
»So, Kleiner«, sagte der Wärter zu einem anderen, jüngeren Riesen, der hinten im Raum gesessen und die Besucher so lange angestarrt hatte, bis es aussah, als müßten ihm gleich die Augen herausfallen. »Renn mit der Nachricht hinüber zum Königshaus.« Und er wiederholte, was Jill ihm gesagt hatte. Nachdem der junge Riese die Fremden noch ein letztes Mal angestarrt und dann schallend gelacht hatte, verließ er den Raum.
»So, Fröschchen«, sagte der Wärter zu Trauerpfützler, »du siehst so aus, als könntest du eine Aufmunterung vertragen.« Er brachte eine schwarze Flasche hervor, die auffällig Trauerpfützlers Flasche glich, nur war sie etwa zwanzigmal größer. »Laß mich mal sehen, laß mich mal sehen«, sagte der Wärter. »Ich kann dir keinen Becher geben, sonst ertränkst du dich. Laß mich mal sehen. Dieses Salzfäßchen ist genau das richtige. Aber sagt im Königshaus drüben nichts davon. Das Silber taucht immer wieder hier auf, und meine Schuld ist es nicht.«
Das Salzfäßchen gab einen recht guten Becher für Trauerpfützler ab, als der Riese es neben ihm auf den Boden stellte. Die Kinder erwarteten, Trauerpfützler würde ablehnen, so mißtrauisch, wie er nun mal war. Doch er brummte: »Es ist witzlos, jetzt, wo wir hier drin sind und die Tür hinter uns zu ist, noch Vorsicht walten zu lassen.« Dann roch er an dem Schnaps. »Riecht gut«, meinte er. »Aber danach kann man nicht gehen. Ich muß mich vergewissern«, und er nahm ein kleines Schlückchen. »Schmeckt auch gut«, sagte er. »Aber vielleicht nur beim ersten Schluck. Wie mag wohl der nächste schmecken?« Er nahm einen größeren Schluck. »Ah!« machte er. »Aber ob es wohl bis zum letzten Tropfen so gut schmeckt?« Und er trank weiter. »Es würde mich nicht wundern, wenn ganz unten noch etwas Übles käme«, sagte er und trank aus. Er schleckte sich die Lippen und bemerkte, zu den Kindern gewandt: »Das ist ein Test, versteht ihr? Wenn ich zusammenbreche oder platze, mich in eine Eidechse oder

sonst irgend etwas verwandle, dann wißt ihr, daß ihr nichts annehmen dürft, was man euch anbietet.« Doch der Riese, der zu groß war, um zu hören, was Trauerpfützler vor sich hin brummte, brach in schallendes Gelächter aus und rief: »Ich muß schon sagen, Fröschlein, du bist ein richtiger Mann. Wie du das hinter die Binde gekippt hast!«

»Bin kein Mann ... bin ein Moorwackler«, entgegnete Trauerpfützler mit etwas undeutlicher Stimme. »Bin auch kein Frosch, bin ein Moorwackler.«

In diesem Moment öffnete sich hinter ihnen die Tür, der junge Riese kam herein und sagte: »Sie sollen sofort in den Thronsaal kommen.«

Die Kinder standen auf, doch Trauerpfützler blieb sitzen und sagte: »Moorwackler. Moorwackler. Sehr ehrbarer Moorwackler. Ehrenwackler.«

»Zeig ihnen den Weg, Junge«, sagte der Riesenwärter. »Das Fröschlein solltest du besser tragen. Es hat einen Schluck mehr getrunken, als ihm guttut.«

»Mir fehlt nichts«, sagte Trauerpfützler. »Kein Frosch. Mir feh-fehlt kein Frosch. Ich bin ein Ehrenfackler.«

Aber der junge Riese packte ihn um die Mitte und bedeutete den Kindern, ihm zu folgen. Auf diese würdelose Art überquerten sie den Schloßhof. Trauerpfützler, der in der Faust des Riesen hing und kraftlos mit den Beinen zappelte, sah wirklich aus wie ein Frosch. Aber sie hatten wenig Zeit, darauf zu achten, denn schon bald traten sie durch die große Tür des Hauptschlosses. Sowohl Jill als auch Eustachius schlug das Herz schneller als gewöhnlich. Und nachdem sie im Laufschritt durch mehrere Gänge gerannt waren, um bei den Schritten des Riesen mitzuhalten, fanden sie sich im Licht eines riesigen Saales blinzelnd wieder, in dem Lampen leuchteten und ein Feuer loderte, beides reflektiert von den vergoldeten Verzierungen an der Decke und den Wänden. Zu ihren Seiten standen unzählige Riesen in prächtigen Gewändern; und auf zwei Thronsesseln am anderen Ende saßen zwei riesige Gestalten – offensichtlich der König und die Königin.

Etwa fünf Meter davor hielten sie an. Eustachius und Jill unternahmen einen ungeschickten Versuch, sich zu verbeugen (in der Experimentalschule bringt man den Mädchen nicht bei, wie man einen Knicks macht), und der junge Riese stellte vorsichtig Trauerpfützler auf den Boden, wo dieser sofort in eine Art Sitzposition zusammenklappte. Mit seinen langen Armen und Beinen hatte er, ehrlich gesagt, große Ähnlichkeit mit einer riesigen Spinne.

»Nun mach schon, Jill, sag deinen Spruch auf«, flüsterte Eustachius. Jill stellte fest, daß ihr Mund so trocken war, daß sie kein Wort herausbrachte. Sie nickte Eustachius verzweifelt zu.

Mit dem Gedanken, das könne er weder ihr (noch Trauerpfützler) jemals vergessen, befeuchtete sich Eustachius die Lippen und rief zum Riesenkönig empor:

»Herr, die grüngewandete Dame läßt Euch durch uns grüßen und schickt uns zu Eurem Herbstfest.«

Der König und die Königin blickten sich an, nickten sich zu und lächelten auf eine Art, die Jill nicht gerade zusagte. Der König gefiel ihr etwas besser als die Königin. Er hatte einen schönen, lockigen Bart, eine gerade Adlernase und sah für einen Riesen ganz gut aus. Die Königin war schrecklich fett, hatte ein Doppelkinn und ein dikkes, gepudertes Gesicht – was selbst im Normalfall nicht schön aussieht und natürlich noch schlimmer ist, wenn das Gesicht zehnmal so groß ist. Dann streckte der König die Zunge heraus und leckte sich die Lippen. Das tun ja andere Leute auch ab und zu, aber seine Zunge war so riesig groß und rot, und sie tauchte so unerwartet auf, daß Jill furchtbar erschrak.

»Ach, was für *gute* Kinder«, sagte die Königin. (Vielleicht ist sie doch die nettere von den beiden, dachte Jill.)

»Ja, das stimmt«, sagte der König. »Ganz ausgezeichnete Kinder. Wir heißen euch an unserem Hof willkommen. Reicht mir die Hand.«

Er streckte seine große rechte Hand aus. Sie war sehr sauber, und an den Fingern staken viele Ringe, aber die Fingernägel waren schrecklich spitz. Der König war viel zu groß, um die Hände zu schütteln, die ihm die Kinder entgegenstreckten. So schüttelte er statt dessen ihre Arme.

»Und was ist *das*?« fragte der König und deutete auf Trauerpfützler.

»Reschpektawackel«, sagte Trauerpfützler.

»Oh!« kreischte die Königin und raffte den Rock um die Füße zusammen. »Das schreckliche Ding lebt ja!«

»Er ist sehr nett, Eure Majestät, ganz bestimmt«, sagte Eustachius hastig. »Er wird Euch viel besser gefallen, wenn Ihr ihn erst einmal kennengelernt habt. Da bin ich ganz sicher.«

Ich hoffe, ihr verliert nicht für den Rest des Buches das Interesse an Jill, wenn ich euch sage, daß sie in diesem Augenblick zu weinen begann. Es gab eine Menge Entschuldigungen dafür. Ihre Füße, ihre

Hände und ihre Nase begannen eben erst aufzutauen; geschmolzener Schnee tropfte von ihren Kleidern; sie hatte an diesem Tag kaum etwas zu trinken und zu essen bekommen, und ihre Beine schmerzten so sehr, daß sie das Gefühl hatte, sie könne nicht mehr lange stehen. Immerhin nutzte ihr Weinen in diesem Augenblick mehr als irgend etwas anderes, denn die Königin sagte:
»Oh, das arme Kind! Mein Gebieter, es ist nicht recht von uns, daß wir unsere Gäste hier stehen lassen. Rasch! Bringt sie weg! Gebt ihnen zu essen und zu trinken und ein heißes Bad! Tröstet das kleine Mädchen! Gebt ihr Lutscher, gebt ihr Puppen, gebt ihr Medizin, gebt ihr alles, was euch einfällt – heiße Milch und Konfekt, Trostpflästerchen und Spielzeug. Singt ihr Wiegenlieder! Weine nicht, kleines Mädchen, sonst bist du nicht mehr zu gebrauchen, wenn das Fest kommt.«
Bei der Erwähnung von Spielzeug und Puppen war Jill genauso empört, wie ihr es gewesen wärt, und obwohl Lutscher und Konfekt ja ganz gut waren, so hoffte sie doch, man möge ihr etwas Herzhafteres zukommen lassen. Das törichte Gerede der Königin hatte jedoch ausgezeichnete Folgen, denn sofort wurden Trauerpfützler und Eustachius von riesigen Kämmerern und Jill von einer riesigen Kammerzofe aufgehoben und auf ihre Zimmer getragen.
Jills Zimmer hatte etwa die Größe einer Kirche, und es wäre ziemlich schrecklich gewesen ohne das lodernde Feuer im Kamin und den sehr dicken, karmesinroten Teppich auf dem Boden. Und hier widerfuhren ihr wunderbare Dinge. Sie wurde dem alten Kindermädchen der Königin übergeben, das vom Standpunkt der Riesen her gesehen eine kleine, vom Alter tief gebeugte Frau war. Vom Standpunkt der Menschen her war sie eine Riesin, die klein genug war, um in einem gewöhnlichen Zimmer umherzugehen, ohne sich den Kopf an der Decke anzustoßen. Sie war sehr tüchtig, obwohl sich Jill gewünscht hätte, sie möge nicht dauernd mit der Zunge schnalzen und Sachen sagen wie: »Oh, là, là! Mein Schnuckelschätzchen« und »Da, mein Hühnchen« und »Jetzt wird alles gut, mein Püppchen«. Sie füllte einen Riesenfußbadezuber mit heißem Wasser und half Jill hinein. Wenn man schwimmen kann (und Jill konnte es), dann ist ein Riesenbadezuber etwas ganz Phantastisches. Und Riesenhandtücher sind zwar ein bißchen rauh und grob, aber trotzdem wunderschön, denn sie sind riesig groß, und man braucht sich gar nicht damit abzutrocknen – man rollt sich einfach vor dem Feuer darauf herum und läßt sich's gutgehen. Und danach wurde Jill saubere, frische, angewärmte

Kleidung angezogen: ganz prächtige Sachen, ein wenig zu groß zwar, aber ohne Zweifel für Menschen und nicht für Riesinnen gemacht. Wenn die Dame im grünen Gewand hierherkommt, müssen sie an Gäste unserer Größe gewöhnt sein, dachte Jill.

Schon bald wurde ihr klar, daß sie recht hatte, denn ein Tisch und ein Stuhl in der richtigen Größe für einen normalen erwachsenen Menschen wurden vor ihr abgestellt, und auch die Messer, die Gabeln und die Löffel hatten die richtige Größe. Es war herrlich, sich hinzusetzen und sich endlich einmal sauber und warm zu fühlen. Ihre Füße waren noch immer bloß, und es war wunderschön, auf dem Riesenteppich zu laufen. Sie versank darin bis über die Knöchel, und das war für ihre schmerzenden Füße genau das richtige. Das Mahl – das wir vermutlich Abendessen nennen sollten, obwohl eher Teezeit war – bestand aus Hühnersuppe mit Lauch, gebratenem Truthahn, Pudding, gerösteten Kastanien und soviel Früchten, wie das Herz begehrte.

Das einzig Ärgerliche war, daß das Kindermädchen dauernd aus und ein ging, und jedesmal, wenn sie hereinkam, brachte sie ein riesiges Spielzeug mit – eine große Puppe, größer als Jill, ein hölzernes Pferd auf Rädern, etwa so groß wie ein Elefant, eine Trommel, die aussah wie ein kleiner Gasometer, und ein wolliges Lamm. Es waren grobe, unschön gemachte Sachen in grellen Farben, deren Anblick Jill kaum ertragen konnte. Sie erklärte dem Kindermädchen immer wieder, sie wolle die Sachen nicht, aber die Frau antwortete:

»Tut-tut-tut-tut. Du willst sie bestimmt, wenn du dich erst einmal ein wenig ausgeruht hast, das weiß ich! Da-da-da! Ins Bettchen mit dir, mein gutes Herzchen!«

Das Bett war kein Riesenbett, sondern nur ein großes Himmelbett, wie man es vielleicht in einem altmodischen Hotel findet; und in diesem riesigen Zimmer sah es recht klein aus. Jill war sehr glücklich, als sie sich hineinplumpsen ließ.

»Schneit es noch immer?« fragte sie schläfrig.

»Nein, jetzt regnet es, mein Häschen!« sagte die Riesin. »Der Regen wäscht den ganzen häßlichen Schnee weg. Dann kann mein kostbares Püppchen morgen hinausgehen und spielen!« Sie deckte Jill zu und wünschte ihr eine gute Nacht.

Ich finde, es gibt nichts Schlimmeres, als von einer Riesin geküßt zu werden. Jill fand das auch, aber fünf Minuten später war sie schon eingeschlafen.

Den ganzen Abend und die ganze Nacht hindurch fiel ein gleichmäßiger Regen. Er klatschte gegen die Fenster des Schlosses, doch Jill schlief fest und hörte es nicht. Sie verschlief die Abendessenszeit, und auch um Mitternacht schlief sie noch. Und dann kamen die leblosesten Stunden der Nacht, und nichts außer Mäusen rührte sich im Haus der Riesen. Zu dieser Stunde hatte Jill einen Traum. Es schien ihr, als wache sie im gleichen Zimmer auf und sähe das weit heruntergebrannte und rotglühende Feuer und im Schein des Feuers das große, hölzerne Pferd. Das Pferd kam von allein, rollte auf seinen Rädern über den Teppich und blieb bei ihrem Kopf stehen. Und jetzt war es kein Pferd mehr, sondern ein Löwe, so groß wie das Pferd. Und dann war es kein Spielzeuglöwe mehr, sondern ein richtiger Löwe, *der Löwe*, geradeso, wie sie ihn auf dem Berg hinter dem Ende der Welt gesehen hatte. Und ein Duft von allen köstlich riechenden Dingen der Welt erfüllte den Raum. Doch in Jill war eine Verwirrung, die sie sich nicht zu erklären vermochte, und die Tränen strömten über ihr Gesicht und näßten das Kissen. Der Löwe befahl ihr, die Zeichen zu wiederholen, und sie stellte fest, daß sie alles vergessen hatte. Da überkam sie ein großer Schrecken. Aslan hob sie in seinem Maul hoch (sie konnte seine Lippen und seinen Atem spüren, aber nicht die Zähne), trug sie zum Fenster und ließ sie hinausschauen. Der Mond leuchtete hell; und da stand über der Welt oder dem Himmel (welches von beiden es war, wußte sie nicht) in großen Buchstaben geschrieben: UNTER MIR. Danach verblaßte der Traum, und als sie sehr spät am nächsten Morgen erwachte, wußte sie nicht einmal mehr, daß sie geträumt hatte.

Sie war aufgestanden, hatte sich angezogen und war gerade mit ihrem Frühstück vor dem Feuer fertig, als das Kindermädchen die Tür öffnete und sagte:

»Hier sind die Freunde von meinem Püppchen und wollen mit ihm spielen.«

Herein kamen Eustachius und der Moorwackler.

»Hallo! Guten Morgen!« sagte Jill. »Ist das nicht herrlich? Ich habe, glaube ich, etwa fünfzehn Stunden geschlafen. Jetzt fühle ich mich besser. Ihr auch?«

»Ich schon«, sagte Eustachius, »aber Trauerpfützler sagt, er habe Kopfweh. Oh – dein Fenster hat eine Fensterbank. Wenn wir da hinaufsteigen, können wir hinausschauen.« Gesagt, getan; und auf den ersten Blick sagte Jill: »Oh, wie schrecklich!«

Die Sonne schien, und abgesehen von ein paar Schneewehen war der Schnee fast völlig vom Regen weggewaschen worden. Unter ihnen lag wie eine ausgebreitete Karte die flache Hügelkuppe, über die sie

sich am vorherigen Nachmittag hinweggekämpft hatten. Vom Schloß aus betrachtet, waren es ohne Zweifel die Ruinen einer riesigen Stadt. Jill sah jetzt, daß das Gelände deshalb so eben war, weil das Pflaster noch immer existierte, obwohl es an einigen Stellen Beschädigungen aufwies. Die kreuz und quer verlaufenden Wälle waren die Überreste von riesigen Gebäuden, die einst wohl Riesenpaläste und Riesentempel gewesen sein mochten. Ein Mauerstück, etwa hundertfünfzig Meter hoch, stand noch: das war es, was Jill für einen Felsen gehalten hatte. Die Dinger, die wie Fabrikschornsteine ausgesehen hatten, waren wahnsinnig große Säulen, die in verschiedenen Höhen abgebrochen waren. Die Bruchstücke lagen am Fuß der Säulen und sahen wie gefällte Bäume aus ungeheuer großen Steinen aus. Die Felsensimse, über die sie an der Nordseite des Hügels hinuntergeklettert waren – und zweifellos auch die anderen, über die sie an der Südseite heraufgeklettert waren –, waren die übriggebliebenen Stufen gigantischer Treppen. Und zu guter Letzt: in der Mitte der gepflasterten Fläche verliefen in großen, dunklen Lettern die Worte UNTER MIR.
Die drei Reisenden schauten sich bestürzt an, und nach einem kurzen Pfiff sprach Eustachius aus, was alle dachten: »Wir haben das zweite und das dritte Zeichen verpaßt.« Und in diesem Augenblick fiel Jill wieder ihr Traum ein.
»Es ist meine Schuld«, sagte sie verzweifelt. »Ich – ich habe es aufgegeben, die Zeichen jeden Abend aufzusagen. Hätte ich an sie gedacht, dann hätte ich sogar bei all dem Schnee gesehen, daß es die Stadt ist.«
»Ich trage noch mehr Verantwortung«, sagte Trauerpfützler. »Ich *habe* es gesehen, oder zumindest fast. Ich fand, daß es recht viel Ähnlichkeit mit einer zerfallenen Stadt hat.«
»Du bist der einzige, der keine Schuld trägt«, erklärte Eustachius. »Du hast ja versucht, uns aufzuhalten.«
»Aber ich habe mir nicht genug Mühe gegeben«, meinte der Moorwackler. »Und ich hätte es nicht nur *versuchen,* sondern es einfach *tun* sollen. Als ob ich nicht mit jeder Hand einen von euch hätte aufhalten können!«
»Die Wahrheit ist«, sagte Eustachius, »daß wir so wild darauf waren, hierherzukommen, daß wir uns um nichts anderes gekümmert haben. Zumindest was mich betrifft, war es so. Seit wir diese Frau mit dem schweigenden Ritter getroffen haben, dachten wir an nichts anderes mehr. Wir haben Prinz Rilian fast vergessen.«
»Ob sie nicht genau das beabsichtigt hat?« meinte Trauerpfützler.

»Was ich nicht verstehe, ist, warum wir die Buchstaben nicht gesehen haben«, sagte Jill. »Oder sind sie erst seit letzter Nacht da? Vielleicht hat er – Aslan – die Worte erst gestern angebracht? Ich hatte so einen eigenartigen Traum.« Und sie erzählte ihn den beiden.

»Ach was, du Dummerchen«, entgegnete Eustachius. »Wir haben sie gesehen. Wir waren sogar in den Buchstaben drin. Verstehst du nicht? Wir waren im Buchstaben E von UNTER. Das war dein versunkener Weg. Wir sind den unteren Strich nach Norden gelaufen, dann haben wir uns nach rechts gewandt – das war der Strich nach oben –, kamen zu einer weiteren Abzweigung nach rechts – das war der mittlere Strich – und gelangten dann ganz oben bis zur linken Ecke, der nordöstlichen Ecke des Buchstabens, und gingen wieder zurück. Wir waren komplette Vollidioten.« Er trat wütend gegen die Fensterbank und fuhr fort: »Es nutzt also nichts, Jill. Ich weiß, was du gedacht hast, weil ich dasselbe dachte. Du dachtest, wie schön es doch wäre, wenn Aslan die Anweisungen auf den Steinen der Ruinenstadt erst angebracht hätte, nachdem wir dort waren. Dann wäre es seine Schuld gewesen und nicht unsere. So ist es, nicht? Nein. Wir müssen es auf uns nehmen: wir hatten nur vier Zeichen, nach denen wir uns richten konnten, und die ersten drei haben wir verpaßt.«

»Du meinst, *ich* habe sie verpaßt«, sagte Jill. »Du hast ganz recht. Ich habe alles verdorben, seit du mich hierhergebracht hast. Trotzdem – es tut mir natürlich furchtbar leid, aber was bedeutet dieses Zeichen? UNTER MIR scheint nicht viel Sinn zu ergeben.«

»Doch«, meinte Trauerpfützler. »Es bedeutet, daß wir unter dieser Stadt nach dem verschollenen Prinzen suchen sollen.«

»Wie sollen wir denn das anstellen?« fragte Jill.

»Das ist die Frage«, entgegnete Trauerpfützler und rieb seine großen, froschartigen Hände. »Wie sollen wir es *jetzt* anstellen? Wenn wir bei der Sache gewesen wären, als wir durch die Ruinenstadt gingen, wäre es uns zweifellos gezeigt worden – wir hätten eine kleine Tür gefunden, eine Höhle, einen Tunnel, oder vielleicht hätten wir auch jemand getroffen, der uns geholfen hätte. Vielleicht sogar Aslan selbst, das kann man nie wissen. Irgendwie wäre es uns gelungen, unter die Pflastersteine zu gelangen. Aslans Anweisungen funktionieren immer: da gibt es keine Ausnahmen. Aber wie wir es jetzt anstellen sollen – das ist etwas anderes.«

»Nun, wir müssen einfach dorthin zurückgehen, nehme ich an«, sagte Jill.

»Gar kein Problem, was?« entgegnete Trauerpfützler. »Wir können ja gleich einmal versuchen, die Tür hier zu öffnen.« Sie schauten zur Tür und sahen, daß keiner von ihnen bis zum Türgriff hinaufreichte, und selbst wenn, so konnte ihn doch mit großer Wahrscheinlichkeit keiner von ihnen herunterdrücken.

»Meint ihr, sie lassen uns hinaus, wenn wir sie bitten?« fragte Jill. Keiner sprach es aus, doch alle dachten: Und was ist, wenn nicht?

Es war kein schöner Gedanke. Trauerpfützler war ganz und gar dagegen, die Riesen über ihr wirkliches Vorhaben aufzuklären und darum zu bitten, hinausgelassen zu werden; und natürlich konnten die Kinder ohne seine Erlaubnis nichts sagen, denn das hatten sie ihm ja versprochen. Und allen dreien war klar, daß eine Flucht aus dem Schloß in der Nacht unmöglich war. Sobald sie in ihren Zimmern waren und man die Tür hinter ihnen geschlossen hatte, waren sie bis zum Morgen Gefangene. Natürlich konnten sie darum bitten, die Tür geöffnet zu lassen, aber dann schöpften die Riesen Verdacht.

»Unsere einzige Chance ist es, zu versuchen, uns am Tag wegzustehlen«, sagte Eustachius. »Vielleicht gibt es ja nachmittags eine Zeit, zu der alle Riesen schlafen? Und wenn wir uns in die Küche schleichen, finden wir vielleicht eine offene Hintertür.«

»Ich würde das allerdings nicht unbedingt eine *Chance* nennen«, sagte Trauerpfützler. »Aber es ist vermutlich die einzige, die wir haben.« In Wirklichkeit war Eustachius' Plan nicht ganz so hoffnungslos, wie ihr vielleicht annehmen mögt. Wenn man ein Haus unbemerkt verlassen will, ist der Nachmittag dafür in gewisser Weise ein besserer Zeitpunkt als die Nacht. Nachmittags besteht größere Wahrscheinlichkeit, daß Türen und Fenster offen sind, und wenn man erwischt wird, kann man so tun, als hätte man nur einen kleinen Spaziergang machen wollen, ohne besondere Absicht. (Es ist sehr schwierig, dies Riesen und Erwachsene glauben zu machen, wenn man um ein Uhr nachts dabei ertappt wird, wie man aus dem Schlafzimmerfenster klettert.)

»Wir müssen aber erst einmal dafür sorgen, daß sie arglos sind«, sagte Eustachius. »Wir müssen vorgeben, daß wir gerne hier sind und uns riesig auf dieses Herbstfest freuen.«

»Es findet morgen abend statt«, sagte Trauerpfützler. »So habe ich es läuten hören.«

»Ich verstehe«, sagte Jill. »Wir müssen so tun, als wären wir schrecklich gespannt darauf, und müssen immer wieder danach fragen. Sie glauben sowieso, wir wären noch ganz kleine Kinder, das macht die Sache einfacher.«

»Fröhlich«, sagte Trauerpfützler mit einem tiefen Seufzer. »Wir müssen fröhlich sein. So, als gäbe es für uns keinerlei Probleme. Ausgelassen. Mir ist schon aufgefallen, daß ihr beiden nicht immer gut gelaunt seid. Ihr müßt mich beobachten und euch so benehmen wie ich. Ich werde fröhlich sein. So . . .« Er zwang sich zu einem gespenstischen Grinsen. »Und ausgelassen . . .« An dieser Stelle machte er mit sorgenvoller Miene einen Luftsprung. »Ihr werdet euch rasch daran gewöhnen, wenn ihr mir zuseht. Sie glauben sowieso, daß ich ein komischer Bursche bin. Ich nehme an, ihr beiden glaubt, daß ich gestern abend ein wenig beschwipst war, aber ich versichere euch, daß es gespielt war – na ja, zumindest das meiste. Ich habe mir gedacht, das könnte vielleicht noch ganz nützlich sein.«

Wenn die Kinder später über ihr Abenteuer sprachen, waren sie nie ganz sicher, ob die letzte Behauptung Trauerpfützlers auch wirklich der Wahrheit entsprach; aber sie waren sicher, daß Trauerpfützler selbst sie in diesem Augenblick für wahr hielt.

»Na gut. Wir sind also ausgelassen«, meinte Eustachius. »Nun, jetzt müssen wir nur jemanden finden, der uns die Tür aufmacht. Während wir Quatsch machen und ausgelassen sind, müssen wir soviel wie möglich über dieses Schloß herausfinden.«

Glücklicherweise öffnete sich genau in diesem Moment die Tür, das Riesenkindermädchen kam geschäftig herein und sagte: »So, meine Püppchen. Habt ihr Lust, nach draußen zu kommen und zuzusehen, wie der König mit seinem ganzen Hofstaat zur Jagd aufbricht? Es ist so ein schöner Anblick!«

Sie verloren keine Zeit, rannten an ihr vorbei und stiegen die erste Treppe hinab, zu der sie kamen. Der Lärm von bellenden Hunden, blasenden Hörnern und Riesenstimmen leitete sie, und so hatten sie schon nach wenigen Minuten den Schloßhof erreicht. Die Riesen waren alle zu Fuß, denn in diesem Teil der Welt gibt es keine Riesenpferde, und so wird die Riesenjagd zu Fuß abgehalten; wie auch die Hunde alle von normaler Größe waren. Als Jill sah, daß es keine Pferde gab, war sie zuerst schrecklich enttäuscht, denn sie war sicher, daß die riesige, fette Königin nie und nimmer zu Fuß hinter den Hunden herrennen würde, und sie durfte auf keinen Fall den ganzen Tag im Haus bleiben. Aber dann sah sie die Königin auf einer Art Sänfte, die auf den Schultern von sechs jungen Riesen ruhte. Die törichte Frau war ganz in Grün gekleidet und trug ein Horn an der Seite. Mit dem König zusammen waren es zwanzig oder dreißig Riesen, die sich zur Jagd versammelt hatten. Alle redeten und lachten so laut, daß man davon fast taub wurde; und weiter unten, auf Jills Höhe, wurde gebellt, Schwänze wurden gewedelt, und geifernde Mäuler und Nasen wurden einem gegen die Hand gepreßt. Trauerpfützler wollte gerade beginnen, Ausgelassenheit und Verspieltheit zur Schau zu tragen – oder zumindest das, was er darunter verstand (was vielleicht alles verdorben hätte, wenn es bemerkt worden wäre) –, als Jill ihr ausgesprochen anziehendes, kindliches Lächeln aufsetzte, zu der Sänfte hinüberrannte und zur Königin hinaufrief:

»O bitte! Ihr geht doch nicht weg, oder? Ihr kommt doch zurück?«

»Ja, mein Liebes«, sagte die Königin. »Heute abend bin ich wieder da.«

»O gut. Wie schön!« rief Jill. »Und wir dürfen doch an dem Fest teilnehmen morgen, nicht wahr? Wir freuen uns so auf morgen abend. Und es ist so herrlich hier. Und dürfen wir durch das ganze Schloß gehen und uns alles ansehen, während Ihr weg seid? Bitte sagt ja!«

Die Königin sagte ja, aber das Gelächter der Höflinge übertönte fast ihre Stimme.

Etwas Wichtiges wird entdeckt

Die anderen gaben zu, daß Jill ihre Sache sehr gut gemacht habe. Sobald der König, die Königin und die übrige Jagdgesellschaft aufgebrochen waren, begann sie, im ganzen Schloß herumzurennen und Fragen zu stellen, alles auf so unschuldige und kindliche Art, daß keiner sie verdächtigte, geheime Pläne zu schmieden. Obwohl ihr Mund nie stillstand, konnte man eigentlich nicht sagen, sie hätte geredet; nein, sie plapperte und kicherte. Sie umschmeichelte alle – die Stallknechte, die Wärter, die Dienstmädchen, die Kammerzofen und die älteren Riesenlords, deren Jagdtage vorbei waren. Sie ließ sich von unzähligen Riesinnen küssen und betätscheln, von denen viele Mitleid mit ihr zu haben schienen und sie »armes kleines Ding« nannten, obwohl keine erklärte, warum. Besonders freundete sie sich mit der Köchin an und entdeckte die wichtige Tatsache, daß es in der Spülküche eine Tür gab, die durch die äußere Mauer hinausführte, so daß man nicht über den Schloßhof und an dem großen Torwärterhaus vorbeimußte. In der Küche tat sie so, als wäre sie sehr gefräßig, und aß alle möglichen Reste, die ihr die Köchin und die Spülmädchen gerne überließen. Oben bei den Damen fragte sie, was sie zu dem großen

Fest anziehen, wie lange sie aufbleiben und ob sie mit einem sehr, sehr kleinen Riesen tanzen dürfe. Und dann (wenn sie später daran dachte, wurde ihr ganz heiß) legte sie immer auf eine ganz und gar idiotische Art den Kopf auf die Seite (Erwachsene, seien es nun Riesen oder nicht, hielten das für sehr anziehend), schüttelte die Locken, zappelte herum und sagte: »Oh, ich wollte, es wäre schon morgen abend! Ob die Zeit bis dahin wohl schnell vergehen wird?« Und alle Riesinnen sagten, sie sei ein süßer Schatz; und einige betupften sich die Augen mit riesigen Taschentüchern, als wollten sie gleich anfangen zu weinen.

»Sie sind so goldig in diesem Alter«, sagte eine Riesin zur anderen. »Es ist eigentlich schade . . .«

Eustachius und Trauerpfützler taten ihr Bestes, aber Mädchen können solche Sachen einfach besser als Jungen. Aber selbst Jungen können es immer noch besser als Moorwackler.

Beim Mittagessen geschah etwas, was es den drei Freunden noch dringlicher machte, das Schloß der sanften Riesen zu verlassen. Sie hatten in der großen Halle an einem eigens für sie aufgestellten kleinen Tisch in der Nähe der Feuerstelle zu Mittag gegessen. An einem größeren, etwa zwanzig Meter entfernten Tisch saßen ein halbes Dutzend Riesen. Ihre Unterhaltung war so geräuschvoll und fand so hoch oben in der Luft statt, daß die Kinder ihr genausowenig Beachtung schenkten, wie man auf Schreiereien vor dem Fenster und auf Verkehrslärm in den Straßen achtet. Sie aßen kaltes Wildbret, etwas, was Jill noch nie gegessen hatte und was ihr gut schmeckte.

Plötzlich drehte sich Trauerpfützler zu ihnen, und sein Gesicht war unter der schlammfarbenen Haut ganz weiß geworden. Er sagte:

»Ihr dürft keinen Bissen mehr essen!«

»Was ist los?« fragten die anderen beiden flüsternd.

»Habt ihr nicht gehört, was die Riesen gesagt haben? ›Das ist ein zartes Stück Wildbret‹, hat einer gesagt. ›Dann hat der Hirsch also gelogen‹, sagte ein anderer.

›Warum?‹ fragte der erste. ›Oh‹, sagte der andere. ›Es wird behauptet, als der Hirsch gefangen wurde, hätte er gesagt: *Tötet mich nicht, ich bin zäh. Ich werde euch nicht schmecken!*‹«

Einen Augenblick lang begriff Jill nicht, was dies bedeutete. Doch dann verstand sie. Und Eustachius riß entsetzt die Augen auf und sagte:

»Also haben wir einen *sprechenden* Hirsch gegessen!«

Diese Entdeckung beeindruckte nicht alle drei gleich. Jill, die in dieser Welt neu war, tat der alte Hirsch einfach leid, und sie fand es grausam, daß die Riesen ihn getötet hatten. Eustachius, der schon früher einmal in dieser Welt gewesen war und der unter den sprechenden Tieren mindestens einen guten Freund hatte, war entsetzt. Doch dem Moorwackler, der in Narina geboren war, wurde so elend, daß er sich fast übergab.

»Wir haben den Zorn Aslans auf uns geladen«, sagte er. »Das kommt davon, daß wir uns nicht an die Zeichen gehalten haben. Wir stehen vermutlich unter einem Fluch. Wenn es gestattet wäre, würde es das beste sein, diese Messer zu nehmen und sie uns ins Herz zu stoßen.«

Und nach und nach gelang es auch Jill, die Sache mit seinen Augen zu sehen. Auf jeden Fall wollte keiner von ihnen weiteressen. So bald wie möglich stahlen sie sich aus dem Saal.

Die Tageszeit, in der sie sich eine Möglichkeit zur Flucht erhofften, rückte näher, und alle drei wurden nervös. Sie drückten sich in den Gängen herum und warteten darauf, daß es im Schloß still werden würde. Die Riesen im Saal saßen noch eine Ewigkeit herum, nachdem sie ihre Mahlzeit beendet hatten. Der glatzköpfige Riese erzählte eine Geschichte. Als er damit fertig war, schlenderten die drei Freunde in die Küche. Aber dort, in der Spülküche, waren noch viele Riesen, die Geschirr wuschen und aufräumten. Es war schrecklich, zu warten, bis diese mit ihrer Arbeit fertig waren und bis einer nach dem anderen die Hände abtrocknete und wegging. Schließlich blieb nur noch eine alte Riesin zurück. Sie hantierte herum, und schließlich wurde den dreien mit Entsetzen klar, daß sie gar nicht vorhatte wegzugehen.

»Nun, Schätzchen«, sagte sie zu ihnen, »gleich bin ich fertig. So, hier stelle ich den Teekessel hin. Das gibt gleich eine schöne Tasse Tee. Jetzt kann ich mich ein bißchen ausruhen. Seid so gut und schaut mal in die Spülküche, ob die Hintertür offen ist.«

»Ja«, sagte Eustachius.

»Gut. Ich lasse sie immer offen, damit die Katze, das arme Vieh, herein und hinaus kann.«

Dann setzte sie sich auf einen Stuhl und legte die Beine auf einen zweiten.

»Ich könnte ja eigentlich ein paar Minuten schlafen«, sagte die Riesin. »Wenn nur die Jagdgesellschaft nicht zu früh heimkommt.«

Die drei hatten Hoffnung geschöpft, als die Riesin vom Schlafen redete, doch nun, als sie von der Rückkehr der Jäger sprach, sank ihr Mut wieder.

»Wann kommen sie gewöhnlich zurück?« fragte Jill.
»Das kann man nie sagen«, antwortete die Riesin. »Aber nun geht, meine Schätzchen, und verhaltet euch ein Weilchen still.«
Sie zogen sich ans andere Ende der Küche zurück, und sie hätten sich auf der Stelle in die Spülküche geschlichen, hätte die Riesin sich nicht aufgesetzt, die Augen aufgeschlagen und eine Fliege verjagt. »Wir versuchen es erst, wenn wir sicher sind, daß sie wirklich schläft«, flüsterte Eustachius. »Sonst verderben wir alles.« So stellten sie sich wartend und beobachtend an die hintere Wand der Küche. Der Gedanke, daß die Jäger jeden Moment zurückkommen konnten, war schrecklich. Und die Riesin war unruhig. Jedesmal, wenn sie dachten, sie sei eingeschlafen, bewegte sie sich.
Ich halte es nicht mehr aus, dachte Jill. Um sich abzulenken, begann sie sich umzusehen. Genau vor ihr stand ein großer, sauberer Tisch mit zwei sauberen Pastetenformen und einem aufgeschlagenen Bı ch. Es waren natürlich Riesenpastetenformen. Jill kam der Gedanke, daß sie sich bequem in eine davon hineinlegen konnte. Dann kletterte sie auf die Bank neben dem Tisch, um das Buch anzusehen. Sie las:

Meerschweinchen. Dieses delikate Tier kann auf verschiedene Art zubereitet werden.

Es ist ein Kochbuch, dachte Jill ohne viel Interesse und warf einen Blick über ihre Schulter. Die Augen der Riesin waren geschlossen, aber sie sah nicht so aus, als schliefe sie richtig. Jill schaute wieder auf das Buch. Es war alphabetisch geordnet; und beim nächsten Rezept blieb ihr fast das Herz stehen. Es lautete:

Mensch. Dieser anmutige kleine Zweibeiner gilt schon seit langer Zeit als Delikatesse. Er ist nach alter Tradition Bestandteil des Herbstfestes und wird zwischen dem Fischgang und dem Braten serviert. Der Mensch ...

Aber sie konnte es nicht ertragen weiterzulesen. Sie drehte sich um. Die Riesin war aufgewacht und hatte einen Hustenanfall. Jill stupste die anderen beiden an und deutete auf das Buch. Sie kletterten ebenfalls auf die Bank und beugten sich über die riesigen Seiten. Eustachius las noch immer, wie Menschen zubereitet werden, als Trauerpfützler auf den nächsten Eintrag darunter deutete. Er lautete:

Moorwackler. Aufgrund der sehnigen Beschaffenheit und dem schlammigen Geschmack halten manche dieses Tier als Riesennahrung für völlig ungeeignet. Der Geschmack kann jedoch wesentlich verbessert werden, indem ...

Jill berührte sanft die Füße der beiden. Alle drei sahen nach der Riesin. Ihr Mund war etwas geöffnet, und aus ihrer Nase kam ein Geräusch, das ihnen in diesem Augenblick schöner klang als Musik: sie schnarchte. Und jetzt hieß es, auf Zehenspitzen ganz langsam und fast ohne zu atmen durch die Spülküche hinauszuschleichen (in Riesenspülküchen stinkt es entsetzlich), hinaus in das fahle Sonnenlicht eines Winternachmittags.

Sie standen an der Spitze eines unebenen kleinen Pfads, der steil nach unten führte. Und Gott sei Dank – rechts vom Schloß war die Ruinenstadt zu sehen. Ein paar Minuten später hatten sie die breite, steile Straße erreicht, die vom Haupttor des Schlosses hinunterführte. Allerdings waren sie jetzt von jedem Fenster auf dieser Seite klar zu sehen. Wären es ein, zwei oder fünf Fenster gewesen, dann hätte eine gute Chance bestanden, daß gerade keiner hinausschaute. Aber es waren an die fünfzig. Sie merkten jetzt auch, daß der ganze Weg, bis hin zur Ruinenstadt, nicht einmal für einen Fuchs genug Deckung geboten hätte; es gab nur grobes Gras, Kiesel und flache Steine. Und was alles noch schlimmer machte: sie trugen die Kleider, die ihnen am Abend zuvor die Riesen gegeben hatten (außer Trauerpfützler, dem nichts passen wollte). Jill trug ein leuchtendgrünes Gewand, das ihr ein wenig zu lang war, und darüber einen scharlachroten, mit weißem Pelz besetzten Umhang. Eustachius trug scharlachrote Strümpfe, einen blauen Waffenrock und einen blauen Umhang, ein Schwert mit goldenem Schaft und eine federgeschmückte Mütze.

»Ihr beiden gebt hübsche Farbflecke ab«, brummte Trauerpfützler. »An einem Wintertag fallt ihr sehr schön auf. Der schlechteste Bogenschütze der Welt könnte euch nicht verfehlen, wenn ihr in seinem Schußfeld wärt. Und da wir von Bogenschützen reden – es sollte mich nicht wundern, wenn es uns in allernächster Zeit leid täte, daß wir unsere Bogen nicht bei uns haben. Eure Kleider sind auch ein wenig dünn, nicht?«

»Ja, ich friere schon jetzt«, sagte Jill.

Ein paar Minuten zuvor in der Küche hatte sie gedacht, ihre Flucht wäre schon gelungen, wenn sie nur erst aus dem Schloß heraus waren. Jetzt wurde ihr klar, daß der gefährlichste Teil noch vor ihnen lag.

»Sachte, sachte«, sagte Trauerpfützler. »Schaut nicht zurück. Geht nicht zu schnell. Was auch immer passiert – ihr dürft nicht rennen. Tut so, als machten wir lediglich einen Spaziergang, denn wenn uns dann einer sieht, kümmert er sich vielleicht nicht darum. In dem Mo-

ment, wo wir wie Leute aussehen, die davonrennen, ist es um uns geschehen.«
Die Entfernung zur Ruinenstadt war größer, als Jill es für möglich gehalten hätte. Aber nach und nach kamen sie näher. Dann hörten sie ein Geräusch. Die anderen beiden stießen einen Schrei aus. Jill, die nicht wußte, worum es ging, fragte: »Was ist los?«
»Jagdhörner«, flüsterte Eustachius.
»Aber selbst jetzt dürft ihr noch nicht rennen«, sagte Trauerpfützler. »Nicht, ehe ich es sage.«
Diesmal konnte Jill nicht anders, als über die Schulter zu blicken. Dort, etwa achthundert Meter entfernt, links hinter ihnen, waren die zurückkehrenden Jäger.
Sie gingen weiter. Plötzlich ertönten laute Stimmen; dann Schreie.
»Sie haben uns gesehen. Rennt!« sagte Trauerpfützler.
Jill raffte ihre langen Röcke – schreckliche Dinger, wenn man darin rennen mußte – und raste los. Ohne Zweifel – sie waren in Gefahr. Sie konnte das Gebell der Hunde hören und die Stimme des Königs, der schrie: »Ihnen nach, ihnen nach, oder es gibt morgen keine Menschenpastete!«

Jill war inzwischen hinter den anderen beiden zurückgefallen. Ihre Kleider behinderten sie, sie rutschte auf den glatten Steinen, das Haar geriet ihr in den Mund, und ihre Brust schmerzte. Die Hunde waren schon viel näher. Jetzt mußte sie bergauf rennen, den steinigen Hügel empor, der zur untersten Stufe der Riesentreppe führte. Sie hatte keine Ahnung, was sie tun würden, wenn sie dort anlangten, oder ob es überhaupt etwas nutzte, selbst wenn sie es bis ganz hinauf schaffte. Aber daran dachte sie nicht. Sie fühlte sich jetzt wie ein gejagtes Tier; solange die Hundemeute hinter ihr her war, mußte sie rennen, bis sie umfiel.
Der Moorwackler war an der Spitze. Als er zur ersten Stufe kam, blieb er stehen, schaute nach rechts und schlüpfte plötzlich in ein kleines Loch oder einen Riß darunter. Seine langen Beine, die darin verschwanden, sahen aus wie Spinnenbeine. Eustachius zögerte und verschwand dann hinter ihm. Atemlos und taumelnd kam Jill eine Minute später an der Stelle an. Es war ein häßliches Loch – ein Riß zwischen der Erde und dem darüberliegenden Stein, einen knappen Meter lang und kaum mehr als dreißig Zentimeter hoch. Man mußte sich flach auf den Bauch legen und hineinkriechen. Und das ging auch nicht gerade sehr schnell. Jill war sicher, daß sich ein Hunde-

gebiß über ihrer Ferse schließen würde, noch bevor sie drinnen war.
»Schnell, schnell, Steine! Füllt die Öffnung auf!« ertönte Trauerpfützlers Stimme neben ihr im Dunkeln. Abgesehen von dem grauen Licht in der Öffnung, durch die sie gekrochen waren, war es drinnen rabenschwarz. Die anderen beiden arbeiteten angestrengt. Jill konnte die kleinen Hände von Eustachius und die großen, froschartigen Hände Trauerpfützlers sehen, die sich schattenhaft gegen das Licht abhoben, während sie sich verzweifelt bemühten, Steine aufzuhäufen. Dann wurde ihr klar, wie wichtig das war, und sie suchte ebenfalls tastend nach großen Steinen und reichte sie den anderen. Noch bevor die bellenden und kläffenden Hunde vor der Öffnung angelangt waren, hatten sie diese schon weitgehend gefüllt, und jetzt gab es natürlich überhaupt kein Licht mehr.
»Weiter hinein, rasch!« erklang Trauerpfützlers Stimme.
»Wir sollten uns an den Händen fassen«, schlug Jill vor.
»Gute Idee«, entgegnete Eustachius. Aber sie brauchten ein ganzes Weilchen, bis sie die jeweiligen Hände in der Dunkelheit gefunden hatten. Die Hunde schnupperten inzwischen auf der anderen Seite des Steinwalls.
»Versucht, ob wir aufrecht stehen können«, schlug Eustachius vor. Das taten sie und stellten fest, daß es ging. Trauerpfützler hatte eine Hand nach hinten gestreckt zu Eustachius, dieser reichte eine Hand zurück zu Jill (die sich sehr gewünscht hätte, sie ginge in der Mitte und nicht am Schluß), und so tasteten sie sich stolpernd vorwärts in die Dunkelheit. Der Untergrund bestand aus losem Gestein. Dann stieß Trauerpfützler an eine Felsenwand. Sie wandten sich leicht nach rechts und gingen weiter. Noch mehr Biegungen und Kurven folgten. Jill hatte inzwischen ihren Richtungssinn völlig verloren und hatte keine Ahnung mehr, wo der Höhleneingang lag.
»Die Frage ist«, kam Trauerpfützlers Stimme von vorne aus der Dunkelheit, »ob es nicht alles in allem besser wäre, zurückzugehen – wenn wir können – und den Riesen bei ihrem Fest einen Leckerbissen zu bieten, statt uns im Innern eines Berges zu verirren, wo es mit einer Wahrscheinlichkeit von zehn zu eins Drachen und tiefe Löcher und giftige Gase und Wasser und – huch! Laßt los! Rettet euch! Ich bin . . .«
Danach geschah alles ganz schnell. Ein verzweifelter Schrei ertönte, ein raschelndes, staubiges, steiniges Geräusch war zu hören, Poltern von Steinen, und Jill rutschte, rutschte, rutschte ohne jede Hoffnung,

rutschte, von Sekunde zu Sekunde schneller werdend, einen Abhang hinab, der von Sekunde zu Sekunde steiler wurde. Es war kein glatter, fester Abhang, sondern er bestand aus kleinen Steinen und Erde. Selbst wenn es ihr gelungen wäre, sich aufzurappeln, hätte dies doch nichts genutzt. Jeder Fleck, auf den sie den Fuß setzte, wäre unter ihr weggerutscht und hätte sie mit hinuntergetragen. Aber Jill lag eher, als daß sie stand. Und je weiter die drei rutschten, desto mehr Steine und Erde rissen sie mit, und so rutschte alles (einschließlich der drei) immer schneller, immer lauter, immer staubiger und immer schmutziger. Aus den spitzen Schreien und den Fluchen der beiden anderen schloß Jill, daß viele der Steine, die sie losgelöst hatte, die anderen beiden hart trafen. Inzwischen hatte Jill ein rasendes Tempo erreicht, und sie war sicher, am Grund in Stücke zerschmettert zu werden.
Aber aus irgendeinem Grund geschah das nicht. Sie hatte viele Abschürfungen, und das nasse, klebrige Zeug auf ihrem Gesicht schien Blut zu sein. Und um sie herum waren soviel lose Erde und Kies und so viele größere Steine aufgeschüttet (teilweise war sie sogar davon bedeckt), daß sie nicht aufstehen konnte. Es war so vollkommen dunkel, daß es überhaupt keinen Unterschied machte, ob man die Augen offen oder geschlossen hielt. Nichts war zu hören. Und das war der schlimmste Moment in Jills Leben. Angenommen, sie war völlig allein; angenommen, die anderen . . . Dann hörte sie, wie es sich neben ihr rührte. Und gleich darauf erklärten alle drei mit zitternder Stimme, daß keiner etwas gebrochen zu haben schien.
»Da kommen wir nie wieder hinauf«, erklang die Stimme von Eustachius.
»Und habt ihr bemerkt, wie warm es hier ist?« fügte Trauerpfützler hinzu. »Das bedeutet, daß wir tief unten sind. Vermutlich mehr als einen Kilometer tief.«
Keiner sagte etwas. Eine Weile später stellte Trauerpfützler fest: »Meine Zunderschachtel ist verschwunden.«
Nach einer weiteren langen Pause sagte Jill: »Ich bin schrecklich durstig.«
Keiner machte einen Vorschlag, was nun zu tun sei. Es war so offensichtlich, daß sie nichts tun konnten. Im Moment bestürzte sie das nicht so sehr, wie man hätte erwarten können, denn sie waren sehr erschöpft.
Lange, lange Zeit später ertönte ohne jegliche Vorwarnung eine ganz und gar fremdartige Stimme. Sie wußten sofort, daß es nicht die eine Stimme war, die sie sich von allen Stimmen der Welt am meisten ge-

wünscht hatten: die Stimme Aslans. Es war eine dunkle, hohle Stimme – fast eine rabenschwarze Stimme, wenn ihr wißt, was ich damit meine. Sie sagte:
»Was sucht ihr hier, Geschöpfe der Oberwelt?«

Reise ohne Sonnenlicht

»Wer ist da?« riefen die drei Reisenden.
»Ich bin der Hüter des Unterlands, und hinter mir stehen hundert bewaffnete Erdmänner«, kam die Antwort. »Sagt mir rasch, wer ihr seid und was ihr im Reich der Tiefe sucht.«
»Wir sind aus Versehen heruntergefallen«, sagte Trauerpfützler wahrheitsgemäß.
»Viele fallen herunter, und wenige kehren in die sonnenbeschienenen Lande zurück«, sagte die Stimme. »Macht euch bereit, mich zur Königin des Reiches der Tiefe zu begleiten.«
»Was will sie von uns?« fragte Eustachius vorsichtig.
»Ich weiß es nicht«, entgegnete die Stimme. »Ihre Befehle werden befolgt, und wir stellen keine Fragen.«
Während er dies sagte, erklang ein Geräusch wie von einer kleinen Explosion, und unmittelbar darauf überflutete ein kaltes graues und mit ein wenig Blau vermischtes Licht die Höhle. Jede Hoffnung, der Sprecher möge übertrieben haben, als er von seiner hundertköpfigen bewaffneten Gefolgschaft sprach, mußte begraben werden. Jill starrte blinzelnd die dicht zusammengedrängte Gruppe an. Alle Größen waren vertreten, vom kleinen, kaum einen halben Meter großen Gnom bis zu stattlichen Gestalten, größer als Menschen. Alle trugen dreispitzige Speere in der Hand, alle waren schrecklich blaß, und alle standen so reglos wie Statuen. Abgesehen davon waren sie sehr unterschiedlich: manche hatten einen Schwanz, andere nicht, manche trugen einen großen Bart, andere hatten ein rundes, glattes Gesicht, so groß wie ein Kürbis. Es gab lange, spitze Nasen, lange fleischige Nasen, die kleinen Rüsseln ähnelten, und es gab auch große, klumpige Nasen. Manche hatten ein Horn in der Mitte der Stirn. Aber in einer Hinsicht waren sie sich alle gleich: jedes der hundert Gesichter war so traurig, daß Jill nach dem ersten Blick auf sie fast vergaß, Angst vor ihnen zu haben. Sie hatte das Gefühl, sie müsse sie aufmuntern.
»Nun«, sagte Trauerpfützler und rieb sich die Hände. »Das ist genau

das, was ich brauche. Wenn diese Kerle mich nicht lehren, das Leben ernst zu nehmen, dann weiß ich auch nicht. Schaut den Typ da an mit dem Walroßschnurrbart – oder den da mit dem . . .«
»Steht auf!« sagte der Anführer der Erdmänner.
Den dreien blieb keine andere Wahl. Sie krabbelten auf die Beine und nahmen sich an der Hand. Es tat gut, in einem solchen Moment die Hand eines Freundes zu spüren. Die Erdmänner kamen auf großen, weichen Füßen angetapst (von denen einige zehn, andere zwölf und wieder andere gar keine Zehen hatten) und umringten sie.
»Marschieren!« sagte der Hüter. Und so marschierten sie.
Das kalte Licht kam von einem großen Ball, der auf der Spitze eines langen Stocks saß, den der größte Gnom an der Spitze der Prozession trug. In seinem freudlosen Licht konnten die drei sehen, daß sie sich in einer natürlichen Höhle befanden: die Wände und die Decke waren zackig und rauh, zerklüftet zu tausend phantastischen Formen, und der steinige Boden lief nach unten, während sie vorwärts schritten. Für Jill war es schlimmer als für die anderen, denn sie haßte dunkle, unterirdische Plätze. Und als die Höhle immer niedriger und enger wurde und als schließlich der Lichtträger zur Seite trat und die Gnomen sich einer nach dem anderen bückten (alle außer den allerkleinsten) und in eine kleine Spalte krochen und verschwanden, hatte sie das Gefühl, sie könne es nicht mehr länger ertragen.
»Ich gehe da nicht hinein, ich kann nicht! Ich kann nicht! Ich will nicht!« rief sie. Die Erdmänner sagten nichts, aber sie senkten ihre Speere und richteten sie auf Jill.
»Ruhig, Jill«, sagte Trauerpfützler. »Diese großen Kerle würden da nicht hineinkriechen, wenn es dahinter nicht wieder breiter werden würde. Und einen Vorteil hat dieser unterirdische Marsch – wir werden nicht naßgeregnet!«
»Ach, du verstehst nicht! Ich kann nicht!« jammerte Jill.
»Denk daran, wie ich mich über dem Abgrund auf dem Felsen gefühlt habe«, sagte Eustachius. »Du gehst zuerst, Trauerpfützler, und ich warte, bis Jill drin ist.«
»Gut«, sagte der Moorwackler und ließ sich auf Hände und Knie sinken. »Halt dich an meinen Fersen fest, Jill, und Eustachius macht dann das gleiche bei dir. Dann ist uns allen wohler.«
»Wohler!« sagte Jill. Aber sie kniete sich nieder, und so krochen sie auf den Ellbogen hinein. Es war schrecklich da drin. Man mußte sich ewig lange – es schien einem wie eine halbe Stunde, dabei waren es vielleicht ja nur fünf Minuten – platt auf den Bauch legen. Es war

heiß. Jill hatte das Gefühl, sie müsse ersticken. Doch endlich tauchte vor ihnen ein schwaches Licht auf, der Gang wurde breiter und höher, und sie kamen verschwitzt, schmutzig und mitgenommen in eine Höhle, die so groß war, daß sie fast nicht mehr wie eine Höhle wirkte.

Sie war von einem trüben, gleichmäßigen Licht erhellt, so daß die seltsame Laterne der Erdmänner nicht mehr benötigt wurde. Der Boden war weich und von einer Art Moos bedeckt, aus dem viele seltsam geformte Dinge hervorwuchsen, verzweigt und hochgewachsen wie Bäume, aber kraftlos wie Pilze. Die Gewächse standen zu weit voneinander, um einen Wald zu bilden: das Ganze ähnelte eher einem Park. Das grüngraue Licht schien sowohl von den Gewächsen als auch vom Moos auszugehen, und es war nicht stark genug, um bis zur Decke der Höhle zu reichen, die weit über ihnen liegen mußte. Nun mußten sie diese sanfte, milde und verschlafene Landschaft durchqueren. Es war ein sehr trauriger Ort, aber es war eine stille Art der Traurigkeit, wie die von gedämpfter Musik.

Sie kamen an Dutzenden von seltsamen Tieren vorbei, die auf dem Moos lagen. Jill wußte nicht, ob sie schliefen oder tot waren. Es waren hauptsächlich drachenartige und fledermausartige Geschöpfe: Trauerpfützler kannte keines von ihnen.

»Wachsen die hier?« fragte Eustachius den Wärter. Der schien sehr überrascht zu sein, angesprochen zu werden. Er antwortete: »Nein. Das sind alles Tiere, die durch Schluchten oder Höhlen hier heruntergefunden haben, von der Oberwelt ins Reich der Tiefe. Viele kommen, und wenige kehren in die sonnenbeschienenen Lande zurück. Man sagt, daß sie alle beim Untergang der Welt wieder erwachen werden.«

Nachdem er dies gesagt hatte, schloß sich sein Mund wie eine Klappe, und in der großen Stille dieser Höhle spürten die Kinder, daß sie es nicht wagen würden, noch einmal zu sprechen. Die nackten Füße der Gnome, die durch das hohe Moos tappten, waren völlig lautlos. Es gab keinen Wind, keine Vögel, kein plätscherndes Wasser, und auch die seltsamen Tiere hörte man nicht atmen.

Als sie einige Kilometer weit gegangen waren, kamen sie zu einer Felswand, durch die ein niedriger Torbogen in eine weitere Höhle führte. Dieser Durchgang war bequemer als der erste, und Jill konnte hindurchgehen, ohne den Kopf zu senken. Sie gelangten in eine kleinere, lange und schmale Höhle, die ungefähr die Größe und die Form einer Kathedrale hatte. Und hier lag fast über die ganze Länge ausgestreckt ein riesiger Mann in tiefem Schlaf. Er war viel größer als jeder Riese, und sein Gesicht war auch nicht wie das der Riesen, sondern edel und schön. Seine Brust hob und senkte sich sanft unter dem schneeweißen Bart, der bis zu seiner Mitte reichte. Ein reines, silbernes Licht (keiner von ihnen sah, wo es herrührte) ruhte auf ihm.

»Wer ist das?« fragte Trauerpfützler, und Jill fragte sich, woher er wohl den Mut dazu nahm.

»Das ist der Alte Vater Zeit, der einst ein König der Oberwelt war«, sagte der Wärter. »Jetzt ist er ins Reich der Tiefe gesunken, und hier liegt er nun und träumt von all den Dingen, die in den höheren Welten geschehen. Viele sinken herab, und wenige kehren in die sonnenbeschienenen Lande zurück. Man sagt, er würde beim Untergang der Welt erwachen.«

Und sie kamen zur nächsten Höhle, von dort aus wieder zur nächsten und so weiter, bis Jill zu zählen aufhörte. Sie gingen ständig abwärts, und jede Höhle lag tiefer als die vorherige. Schließlich erreichten sie eine Stelle, wo der Wärter seine trübe Lampe wieder anzünden ließ. Dann kamen sie in eine Höhle, die so breit und so dunkel war, daß man kaum etwas darin sah. Sie konnten lediglich erkennen, daß genau vor ihnen ein fahler Sandstreifen hinunter zu einem stillen Gewässer führte. Und dort, neben einer kleinen Landungsbrücke, lag ein Schiff ohne Mast und ohne Segel, aber mit vielen Rudern. Sie mußten an Bord gehen, und man wies sie nach vorne in den Bug, wo vor den Ruderbänken ein freier Platz war. Innen an der Schiffswand entlang verlief eine Bank.

»Eines würde ich ja gerne wissen«, meinte Trauerpfützler. »Ob aus unserer Welt – nämlich von ganz oben – schon einmal jemand diese Reise unternommen hat?«

»Viele gingen an den fahlen Stränden an Bord«, antwortete der Wärter, »und . . .«

»Ja, ich weiß«, unterbrach Trauerpfützler. *»Und wenige kehren in die sonnenbeschienenen Lande zurück.* Das brauchst du nicht noch einmal zu sagen. Du scheinst ein Kerl zu sein, der nur auf einen einzigen Gedanken fixiert ist, was?«

Die Kinder drängten sich zu beiden Seiten nah an Trauerpfützler. Oben auf der Erde hatten sie ihn für einen Miesmacher gehalten, doch hier unten schien er ihr einziger Trost. Dann wurde die fahle Laterne mittschiffs aufgehängt, die Erdmänner setzten sich an die Ruder, und das Schiff setzte sich in Bewegung. Das Licht der Laterne reichte nur ein kleines Stück weit. Voraus konnten sie nur das glatte, dunkle Wasser sehen, das allmählich in vollkommene Dunkelheit überging.

»Oh, was wird nur aus uns werden?« fragte Jill verzweifelt.

»Laß nur nicht den Mut sinken, Jill«, sagte der Moorwackler. »Eines darfst du nicht vergessen: wir sind wieder auf dem richtigen Weg. Wir mußten unter die Ruinenstadt, und da sind wir jetzt. Wir befolgen wieder die Anweisungen.«

Kurz darauf gab man ihnen zu essen – flache, weiche Kuchen, die kaum nach etwas schmeckten. Und danach schliefen sie allmählich ein. Aber als sie wieder erwachten, war alles wie zuvor: die Gnome ruderten noch, das Schiff glitt noch immer dahin, und vor ihnen lag nach wie vor schwarze Dunkelheit. Später konnte sich keiner von ihnen mehr erinnern, wie oft sie erwachten, schliefen, aßen und wieder schliefen. Und das Schlimmste von der ganzen Sache war, daß man zu glauben begann, man hätte schon immer auf diesem Schiff und in der Dunkelheit gelebt, und daß man sich fragte, ob die Sonne, der blaue Himmel, der Wind und die Vögel nicht nur ein Traum gewesen waren.

Sie hatten jegliche Hoffnung und jegliche Angst schon fast verloren, als sie vor sich endlich Lichter sahen; düstere Lichter, so wie das ihrer Laterne. Dann kam plötzlich eines dieser Lichter näher, und sie sahen, daß sie an einem anderen Schiff vorbeifuhren. Danach begegneten sie noch mehreren Schiffen. Sie starrten, bis ihre Augen schmerzten, und dann sahen sie, daß einige der Lichter vor ihnen auf etwas fielen, was aussah wie ein Kai, Mauern, Türme und sich bewegende Menschenmassen. Aber noch immer war kaum etwas zu hören.

»Meine Güte«, sagte Eustachius. »Eine Stadt!« Und schon bald war zu sehen, daß er recht hatte.

Aber es war eine merkwürdige Stadt. Es gab so wenig Lichter, und sie lagen so weit voneinander entfernt, daß man sie in unserer Welt gerade noch für verstreut liegende Häuser gehalten hätte. Aber das wenige, das man im Licht sehen konnte, sah aus wie Teile eines großen Seehafens. An einer Stelle konnte man viele Schiffe erkennen, die beladen oder entladen wurden; an einer anderen Stelle sah man Warenballen und Warenhäuser; an einer dritten Mauern und Pfeiler, die große Paläste und Tempel ahnen ließen; und wohin auch immer das Licht fiel, sah man endlose Menschenmengen – Hunderte von Erdmännern, die sich gegenseitig anrempelten, während sie auf engen Straßen, breiten Plätzen oder auf weiten Treppen leise tapsend ihren Geschäften nachgingen. Ihre fortwährende Bewegung ergab ein lei-

ses, murmelndes Geräusch, während das Schiff sich ihnen immer mehr näherte; aber nirgendwo war ein Lied, ein Schrei, eine Glocke oder ein Klappern von Rädern zu hören. Die Stadt war so still und fast so dunkel wie das Innere eines Ameisenhaufens.
Schließlich wurde das Schiff an einen Pier gerudert und festgemacht. Die drei Reisenden wurden an Land gebracht und dann hinauf in die Stadt geführt. Unmengen von Erdmännern, von denen keiner aussah wie der andere, stießen sie in den bevölkerten Straßen an, und das düstere Licht fiel auf viele düstere und groteske Gesichter. Doch keiner zeigte Interesse an den Fremden. Jeder Gnom schien genauso beschäftigt zu sein, wie er traurig war, obwohl Jill nie herausfand, womit sie eigentlich so beschäftigt waren. Aber das Gerenne, Gestoße und Gehaste und das leise Pitsch-patsch-patsch nahmen kein Ende.
Schließlich kamen sie vor etwas an, was ein großes Schloß zu sein schien, obwohl nur wenige Fenster beleuchtet waren. Man führte sie hinein, über einen Schloßhof, und dann mußten sie viele Treppen hinaufsteigen, die sie schließlich zu einem großen, trüb beleuchteten Raum führten. Aber in einer Ecke – oh, welche Freude – war ein Türbogen, der von einem ganz anderen Licht erleuchtet war: dem ehrlichen, gelblichen, warmen Licht einer Lampe, so, wie sie die Menschen benutzen. Und dort, durch die Türöffnung, sah man in diesem Licht den Fuß einer Treppe, die sich zwischen Steinmauern nach oben wand. Das Licht schien von dort oben zu kommen. Zwei Erdmänner standen wie Wachposten zu beiden Seiten des Türbogens.
Der Wärter trat auf die beiden zu und sagte, als wäre das eine Parole:
»Viele sinken hinab zur Unterwelt.«
»Und wenige kehren in die sonnenbeschienenen Lande zurück«, antworteten die beiden, so als wäre dies die Antwort auf die Parole. Dann steckten alle drei die Köpfe zusammen und sprachen miteinander. Schließlich sagte einer der beiden wachehaltenden Gnome: »Ihre Gnaden die Königin ist unterwegs, um sich dieser wichtigen Sache anzunehmen. Am besten stecken wir diese Erdbewohner bis zu ihrer Rückkehr ins Gefängnis. Wenige kehren in die sonnenbeschienenen Lande zurück.«
In diesem Augenblick wurde die Unterhaltung durch etwas unterbrochen, was Jill wie der herrlichste Laut aller Zeiten vorkam. Er kam von oben, vom Ende der Treppe, und war eine klare, helle, ganz und gar menschliche Stimme: die Stimme eines jungen Mannes.
»Was geht da unten vor, Mullugutherum?« rief er. »Oberweltler, ha!

Bring sie herauf zu mir, und zwar sofort!«

»Wenn es Eurer Hoheit beliebt, so solltet Ihr nicht vergessen ...« begann Mullugutherum, aber die Stimme unterbrach ihn.

»Meiner Hoheit beliebt es vor allem, wenn man mir gehorcht, alter Brummbär. Bring sie herauf!« rief er.

Mullugutherum schüttelte den Kopf, bedeutete den Reisenden, ihm zu folgen, und stieg die Treppe hinauf. Bei jedem Schritt wurde es heller. An den Wänden hingen prächtige Teppiche. Das Licht der Lampe fiel golden durch dünne Vorhänge am Ende der Treppe. Die Erdmänner teilten die Vorhänge und traten beiseite. Trauerpfützler, Eustachius und Jill gingen hinein. Sie standen in einem wunderschönen, mit vielen Teppichen ausgelegten Zimmer. In einem sauberen Kamin brannte helles Feuer, und auf dem Tisch funkelte ein Kristallglas mit rotem Wein. Ein junger Mann mit blondem Haar erhob sich, um sie zu begrüßen. Er war schön und sah zugleich mutig und freundlich aus, doch irgend etwas an seinem Gesicht schien nicht ganz zu stimmen. Er war in Schwarz gekleidet und sah alles in allem ein wenig wie Hamlet aus.

»Willkommen, Oberweltler«, rief er. »Bleibt einen Augenblick! Ich bitte darum! Ich habe euch zwei Kinder und diesen euren eigenartigen Hüter doch schon einmal gesehen. Wart nicht ihr es, die ich bei der Brücke am Rand von Ettinsmoor getroffen habe, als ich dort an der Seite meiner Gebieterin ritt?«

»Oh ... Ihr wart also der stumme schwarze Ritter?« rief Jill aus.

»Und war die Dame die Königin der Unterwelt?« fragte Trauerpfützler nicht sehr freundlich. Und Eustachius, der dasselbe dachte, platzte heraus: »Denn wenn das zutrifft, dann war es ziemlich gemein von ihr, uns zu einem Schloß von Riesen zu schicken, die uns auffressen wollten. Ich möchte gerne wissen, was wir ihr Böses angetan hatten!«

»Wie?« sagte der schwarze Ritter stirnrunzelnd. »Wenn du nicht so ein junger Krieger wärst, Junge, dann müßten wir jetzt einen Kampf auf Leben oder Tod ausführen. Ich gestatte keine Worte gegen die Ehre meiner Gebieterin. Aber ihr dürft gewiß sein – was immer sie zu euch gesagt haben mag, es war gut gemeint. Ihr kennt sie nicht. Sie vereint alle Tugenden in sich: Wahrhaftigkeit, Barmherzigkeit, Güte, Mut und alles andere. Ich sage nur, was ich weiß. Schon allein ihre Freundlichkeit mir gegenüber, der ich zum Dank nichts entgegenzusetzen habe, gäbe eine bewundernswerte Geschichte ab. Aber ihr werdet sie noch kennen- und lieben lernen. Und nun: was führt euch hierher ins Reich der Tiefe?«

Und bevor Trauerpfützler sie aufhalten konnte, sprudelte Jill los: »Wir versuchen, Prinz Rilian aus Narnia zu finden.« Und dann merkte sie, welch großes Risiko sie eingegangen war, denn vielleicht waren diese Leute ja Feinde. Aber der Ritter zeigte kein Interesse.
»Rilian? Narnia?« sagte er achtlos. »Narnia? Was für ein Land ist das? Ich habe den Namen noch nie gehört. Es muß Tausende von Kilometern von den mir bekannten Gegenden der Oberwelt entfernt sein. Es müssen seltsame Hirngespinste sein, die euch auf der Suche nach diesem – wie habt ihr ihn genannt? Billian? Trillian? – ins Reich meiner Gebieterin geführt haben. Ich weiß gewiß, daß es hier keinen Mann dieses Namens gibt.« Dabei lachte er sehr laut, und Jill dachte sich: Ob es wohl das ist, was mit seinem Gesicht nicht stimmt? Ist er ein wenig einfältig?
»Man hatte uns gesagt, wir sollten auf den Steinen der Ruinenstadt nach einer Nachricht suchen«, erklärte Eustachius. »Und wir fanden die Worte UNTER MIR.«
Der Ritter lachte noch herzlicher als zuvor. »Ihr habt euch irreführen lassen«, sagte er. »Diese Worte hatten mit eurer Sache nichts zu tun. Hättet ihr meine Gebieterin gefragt, so hätte sie euch besser geraten. Denn diese Worte sind alles, was von einem längeren Spruch übriggeblieben ist, der in alten Zeiten, wie sie noch gut weiß, so lautete:

Weit unter der Erde und thronlos bin ich hier.
Doch zu Lebzeiten hatte ich die ganze Erde unter mir

Woraus klar hervorgeht, daß ein großer König der alten Riesen, der dort begraben liegt, diesen prahlerischen Spruch in den Stein über seinem Grabmal einhauen ließ. Einige Steine zerbrachen, andere wurden für neue Gebäude weggetragen, und manche Vertiefungen wurden mit Geröll aufgefüllt, und so blieben nur noch zwei Worte übrig. Ist es nicht der größte Witz aller Zeiten, daß ihr gedacht habt, diese Worte seien für euch geschrieben worden?«
Das war für Eustachius und für Jill wie eine kalte Dusche, denn sie hielten es für recht wahrscheinlich, daß die Worte mit ihrem Auftrag gar nichts zu tun hatten und daß der Zufall ihnen einen Streich gespielt hatte.
»Hört nicht auf ihn«, sagte Trauerpfützler. »Es *gibt* keinen Zufall. Aslan ist unser Führer; und er war schon da, als der Riesenkönig die Buchstaben einmeißeln ließ, und er kannte schon alle Ereignisse, die im Zusammenhang mit diesen Buchstaben geschehen würden – und das schließt auch das jetzige ein.«

»Euer Führer muß schon uralt sein«, sagte der Ritter und lachte wieder.
Jill ging dieses Gelächter langsam etwas auf die Nerven.
»Und mir scheint, Herr«, antwortete Trauerpfützler, »daß Eure Gebieterin ebenfalls uralt sein muß, wenn sie sich noch an den Spruch erinnert, so, wie er einst in den Stein gemeißelt wurde.«
»Sehr klug, Froschgesicht«, sagte der Ritter, indem er Trauerpfützler auf die Schulter schlug und wieder lachte. »Du hast den Nagel auf den Kopf getroffen. Sie ist von königlichem Blut und kennt weder Alter noch Tod. Um so dankbarer bin ich für ihre unendliche Großzügigkeit gegenüber einem solch armseligen sterblichen Wesen wie mir. Denn ihr müßt wissen, daß ich ein Mann bin, der von eigenartigen Leiden befallen ist, und keiner außer der Königin würde jemals Geduld für mich aufbringen. Geduld, habe ich gesagt? Doch es geht weit darüber hinaus. Sie hat mir ein großes Königreich in der Oberwelt versprochen sowie ihre überaus anmutige Hand, sobald ich König bin. Aber die Geschichte ist zu lang, während ihr dasteht und hungert. Heda, ihr da unten! Bringt Wein und Oberweltnahrung für meine Gäste! Bitte setzt euch, meine Herren. Und du, kleines Mädchen, nimm in diesem Sessel Platz! Ihr sollt alles hören.«

Im dunklen Schloß

Als das Mahl aufgetragen war (es bestand aus Truthahnpastete, kaltem Schinken, Salat und Kuchen) und als alle ihre Stühle zum Tisch gezogen und zu essen begonnen hatten, fuhr der Ritter fort.
»Ihr müßt verstehen, Freunde, daß ich nichts darüber weiß, wer ich war und von wo ich in diese dunkle Welt gekommen bin. Ich erinnere mich nicht an die Zeit, bevor ich hierherkam, um am Hof dieser göttlichen Königin zu leben; aber ich glaube, daß sie mich von einem bösen Zauber erlöst und mich in ihrer unendlichen Güte hierhergebracht hat. – Mein treuer Froschfuß, ich glaube, dein Becher ist leer. Gestatte mir, ihn wieder aufzufüllen. – Und dies scheint mir um so wahrscheinlicher, als ich selbst jetzt noch einem Zauber unterliege, von dem mich nur meine Gebieterin befreien kann. Jede Nacht kommt eine Stunde, zu der sich zuerst mein Geist und dann mein Körper schrecklich verändern. Zuerst werde ich wütend und wild und würde mich auf meinen besten Freund stürzen, um ihn zu töten, wäre

ich nicht gefesselt. Bald darauf verwandle ich mich in eine große, hungrige, grimmige und tödliche Schlange. – Herr, ich bitte dich, nimm noch ein Taubenbrüstchen! – So sagt man mir, und sicher ist es die Wahrheit, denn meine Gebieterin sagt dasselbe. Ich selbst weiß nichts davon, denn wenn meine Stunde verstrichen ist, erwache ich in meiner normalen Gestalt und mit klarem Verstand und weiß nichts mehr von meinem häßlichen Anfall – ich bin lediglich ein wenig erschöpft. – Kleines Fräulein, iß einen dieser Honigkuchen, die man mir aus einem barbarischen Land weit im Süden dieser Welt bringt! – Nun weiß Ihre Majestät die Königin, daß ich von diesem Zauber erlöst sein werde, sobald sie mich zum König eines Landes der Oberwelt gemacht und mir dessen Krone aufs Haupt gesetzt hat. Das Land – und der Ort, wo wir die Oberfläche durchstoßen – wurden schon ausgewählt. Ihre Erdmänner haben Tag und Nacht damit verbracht, einen Weg bis zu einer Stelle knapp unter dem Erdboden dieses Landes zu graben, und sie sind jetzt schon so weit und so hoch hinauf vorgestoßen, daß der Gang nur noch ein paar Meter unter der Erde liegt, auf der die Erdbewohner dieses Landes dahinschreiten. So werden diese Bewohner der Oberwelt schon bald von ihrem Schicksal ereilt werden. Sie selbst, meine Gebieterin, ist heute nacht an der Grabungsstelle, und ich erwarte eine Nachricht, die mich zu ihr ruft. Dann wird die dünne Decke, die mich von meinem Königreich trennt, durchstoßen werden, und mit ihr als Führerin und mit tausend Erdmännern im Rücken werde ich bewaffnet ausreiten, überraschend über meine Feinde herfallen, ihre obersten Männer erschlagen, ihre Festungen zerstören und werde zweifellos innerhalb von vierundzwanzig Stunden ihr gekrönter König sein.«

»Ziemliches Pech für die Leute dort, was?« meinte Eustachius.

»Du bist ein Junge mit einem außerordentlich wachen Verstand!« rief der Ritter. »Denn bei meiner Ehre, daran habe ich bisher nie gedacht. Ich verstehe, was du meinst.« Einen Moment lang oder zwei sah er ein ganz klein wenig besorgt aus, doch schon rasch hellte sich sein Gesicht auf, und mit neuerlichem lauten Lachen rief er aus: »Zum Teufel mit diesen Bedenken! Ist es nicht die komischste und lächerlichste Sache der Welt, wenn man daran denkt, wie sie alle ihren Geschäften nachgehen und keine Ahnung haben, daß nur einen Klafter weit unter ihren friedlichen Feldern und Fußböden eine große Armee steht, bereit, wie eine Quelle hervorzusprudeln! Und sie sind völlig ahnungslos! Wenn der erste Schreck über ihre Niederlage überwunden ist, werden selbst sie bei dem Gedanken daran lachen müssen!«

»Ich finde es überhaupt nicht lustig«, sagte Jill. »Ich finde, Ihr seid ein böser Tyrann.«

»Was?« rief der Ritter. Er lachte noch immer und tätschelte ihr auf eine aufreizende Art und Weise den Kopf. »Ist unser kleines Mädchen ein scharfsinniger Politiker? Aber keine Angst, mein Schatz. Ich werde das Land nach den Ratschlägen meiner Gebieterin regieren, die bis dahin auch meine Gemahlin sein wird. Ihr Wort wird mir Gesetz sein, so, wie mein Wort den Leuten, die wir uns unterwerfen werden, Gesetz sein wird.«

»Dort, wo ich herkomme«, sagte Jill, die ihn von Minute zu Minute weniger mochte, »hält man nicht viel von Männern, die sich von ihren Frauen schikanieren lassen.«

»Du wirst anders denken, wenn du erst einmal selbst einen Mann hast, das schwöre ich dir«, sagte der Ritter, der dies offensichtlich sehr lustig fand. »Doch mit meiner Gebieterin ist es etwas ganz anderes. Ich bin es wohl zufrieden, nach ihrem Wort zu leben, das mich schon vor tausend Gefahren bewahrt hat. Keine Mutter hat sich liebevoller um ihr Kind gesorgt als Ihre königliche Gnaden um mich. Denn seht, trotz all ihrer Sorgen und ihrer Geschäfte ist sie vielmals mit mir in der Oberwelt ausgeritten, um meine Augen an das Licht der Sonne zu gewöhnen. Diese Ausritte mußte ich voll bewaffnet und mit geschlossenem Visier unternehmen, damit niemand mein Gesicht sieht, und ich darf mit keinem reden, denn sie hat durch Zauberkraft herausgefunden, daß dies die Erlösung von dem schrecklichen Zauber, der über mir liegt, verhindern würde. Wie könnte ein Mann einer solchen Dame nicht seine ganze Verehrung schenken?«

»Es hört sich wirklich so an, als wäre es eine ganz reizende Dame«, sagte Trauerpfützler, und man hörte an seinem Tonfall, daß er genau das Gegenteil meinte.

Noch vor Beendigung des Mahls hatten sie ganz und gar genug von dem Gerede des Ritters. Trauerpfützler dachte: Ich frage mich, welches Spiel diese Hexe mit diesem jungen Narren wohl spielen mag? Eustachius dachte: Er ist wirklich ein großes Kind. Er hängt am Schürzenzipfel dieser Frau, er ist ein Trottel. Und Jill dachte: Er ist der albernste, eingebildetste und selbstsüchtigste Kerl, den ich seit langem getroffen habe. Aber als das Mahl vorüber war, hatte sich die Stimmung des Ritters gewandelt. Jetzt lachte er nicht mehr.

»Freunde«, sagte er. »Meine Stunde ist bald gekommen. Ich schäme mich, daß ihr mich in diesem Zustand sehen werdet, doch ich hasse es, allein gelassen zu werden. Sie werden gleich hereinkommen und meine Hände und Füße an jenen Stuhl binden. Nun denn, es muß so sein, weil ich, wie man mir sagt, in meinem Zorn alles verwüsten würde, was ich erreichen kann.«

»Nun«, sagte Eustachius. »Es tut mir natürlich leid, daß ihr diesem Zauber unterliegt, aber was tun diese Kerle mit *uns*, wenn sie kommen, um Euch zu fesseln? Sie sprachen davon, uns ins Gefängnis zu stecken. Und wir mögen diese dunklen Gelasse nicht sehr. Wir würden lieber hierbleiben, bis es Euch ... wieder besser geht ... wenn wir dürfen.«

»Ein guter Gedanke«, sagte der Ritter. »Gewöhnlich bleibt in meiner bösen Stunde nur die Königin bei mir. Ihre liebevolle Fürsorge geht so weit, daß sie es nicht leidet, sofern es zu vermeiden ist, daß fremde Ohren die Worte hören, die ich in meiner Raserei ausstoße. Doch wäre es schwierig, meine Dienstgnome zu überreden, euch bei mir zu lassen. Und mir deucht, ich höre ihre leisen Füße eben in diesem Moment auf der Treppe. Geht durch diese Tür: sie führt zu meinen anderen Gemächern. Dort könnt ihr entweder warten, bis sie mich wieder losgebunden haben, oder wenn ihr wollt, könnt ihr zurückkommen und bei mir bleiben, während ich wüte.«

Sie folgten seinen Anweisungen und gingen durch eine Tür, die bis dahin geschlossen gewesen war. Wie sie zu ihrer Freude feststellten, führte sie nicht in die Dunkelheit, sondern auf einen beleuchteten Gang. Sie versuchten verschiedene Türen und fanden etwas, was sie dringend benötigten: Wasser, um sich zu waschen, und sogar einen Spiegel. »Er hat uns keine Gelegenheit gegeben, uns vor dem Essen zu waschen«, sagte Jill und trocknete ihr Gesicht ab. »Dieser selbstsüchtige, egoistische Kerl!«

»Sollen wir zurückgehen und seine Verwandlung beobachten, oder wollen wir hierbleiben?« fragte Eustachius.

»Also ich bin dafür, hierzubleiben«, entgegnete Jill. »Ich will es lieber nicht sehen.« Trotzdem war sie ein bißchen neugierig.

»Nein, wir gehen zurück«, widersprach Trauerpfützler. »Vielleicht erfahren wir etwas, denn wir müssen so viel in Erfahrung bringen wie nur irgend möglich. Ich bin sicher, diese Königin ist eine Hexe und ist uns feindlich gesinnt. Und diese Erdmänner fänden sicher nichts dabei, uns niederzuschlagen. Der Geruch nach Gefahr und Lügen und Zauberei und Verrat ist hier in diesem Land stärker, als ich es jemals erlebt habe. Wir müssen unsere Augen und Ohren offenhalten.«

Sie gingen zurück durch den Gang und stießen vorsichtig die Tür auf. »Alles in Ordnung«, sagte Eustachius. Damit meinte er, daß

keine Erdmänner in der Nähe waren. Dann gingen sie alle zurück in den Raum, wo sie gegessen hatten.
Die Haupttür war jetzt geschlossen und verdeckte den Vorhang, durch den sie zu Anfang hereingekommen waren. Der Ritter saß in einem eigenartigen silbernen Sessel. Er war an seinen Knöcheln, Knien, Ellbogen, Handgelenken und um die Mitte daran festgebunden. Auf seiner Stirn stand der Schweiß, und sein Gesicht war voller Angst.
»Kommt herein, Freunde«, sagte er und schaute rasch auf. »Der Anfall hat mich noch nicht ergriffen. Macht keinen Lärm, denn ich habe diesem neugierigen Naseweis gesagt, ihr wärt zu Bett gegangen. Nun . . . ich spüre, wie er naht. Rasch! Hört mir zu, solange ich mich noch unter Kontrolle habe. Wenn mich der Anfall packt, kann es sein, daß ich euch mit Schmeichelei und mit Drohungen bitten und anflehen werde, meine Fesseln zu lösen. Man hat mir gesagt, daß ich das tue. Ich werde euch bestürmen, bei allem, was euch lieb ist, und bei allem, was euch Angst macht. Aber hört nicht auf mich. Verhärtet euer Herz, und verschließt eure Ohren. Denn solange ich gefesselt bin, seid ihr sicher. Aber sobald ich diesen Stuhl verlasse, überfällt mich zuerst der Zorn, und dann« – er schüttelte sich – »verwandle ich mich in eine abscheuliche Schlange.«
»Ihr braucht keine Angst zu haben, daß wir Euch losbinden«, sagte Trauerpfützler. »Wir hegen nicht den Wunsch, es mit einem wilden Mann aufzunehmen – und auch nicht mit einer wilden Schlange.«
»Ganz recht«, meinten Eustachius und Jill gemeinsam. »Trotzdem«, fügte Trauerpfützler flüsternd hinzu, »sollten wir da nicht allzu sicher sein. Wir müssen uns vorsehen. Denn bei allem anderen haben wir versagt. Es sollte mich nicht wundern, wenn er jede List anwendet, sobald sein Anfall angefangen hat. Können wir einander vertrauen? Wir sollten uns das Versprechen geben, daß wir diese Fesseln nicht anrühren werden, was er auch immer sagen mag. *Was er auch immer sagen mag, hört ihr?«*
»Auf jeden Fall!« sagte Eustachius.
»Nichts, was er sagt oder tut, wird mich dazu bringen, meine Meinung zu ändern«, sagte Jill.
»Pst! Da geschieht etwas!« flüsterte Trauerpfützler.
Der Ritter stöhnte. Sein Gesicht war aschfahl, und er wand sich in seinen Fesseln. Und ob es deshalb war, weil sie Mitleid mit ihm hatte, oder aus einem anderen Grund, Jill fand, daß er jetzt netter aussah als jemals zuvor.

»Ah!« stöhnte er. »Zauberei, Zauberei ... das schwere verstrickende, kalte Netz böser Magie! Lebendig begraben. Unter die Erde verschleppt, hinunter in die schwarze Dunkelheit ... wie viele Jahre ist es her? ... Habe ich zehn Jahre oder tausend Jahre im Abgrund gelebt, umgeben von Wurmmenschen? Oh, habt Gnade mit mir. Laßt mich hinaus, laßt mich zurück! Laßt mich den Wind spüren und den Himmel sehen ... Da gab es einen kleinen Teich. Wenn man hineinschaute, sah man im Wasser all die auf dem Kopf stehenden Bäume, ganz grün – und tief, ganz tief unter ihnen den blauen Himmel.«
Er hatte mit leiser Stimme gesprochen. Jetzt schaute er auf, richtete die Augen auf sie und sagte laut und klar:
»Rasch. Ich bin jetzt bei klarem Verstand. Jede Nacht bin ich bei klarem Verstand. Wenn ich nur aus diesem verwunschenen Stuhl herauskönnte, dann würde es so bleiben. Dann wäre ich wieder ein Mann. Doch jede Nacht fesseln sie mich, und so verstreicht die Gelegenheit jede Nacht ungenützt. Aber ihr seid keine Feinde. Ich bin nicht euer Gefangener. Rasch! Schneidet die Fesseln durch!«
»Bleibt fest! Gebt nicht nach!« sagte Trauerpfützler zu den beiden Kindern.
»Ich flehe euch an, mich anzuhören«, sagte der Ritter. Er zwang sich, ruhig zu sprechen. »Haben sie euch gesagt, ich würde euch töten und mich in eine Schlange verwandeln, wenn ihr mich von diesem Stuhl befreit? Ich sehe es euren Gesichtern an, daß sie das getan haben. Es ist eine Lüge. Zu dieser Stunde bin ich bei klarem Verstand: zur übrigen Zeit bin ich verzaubert. Ihr seid weder Erdmänner noch Hexen. Warum solltet ihr auf deren Seite sein? Ich flehe euch an, durchschneidet meine Fesseln!«
»Bleibt fest! Bleibt fest! Bleibt fest!« sagten die drei Reisenden zueinander.
»Oh, ihr habt ein Herz aus Stein«, sagte der Ritter. »Glaubt mir, ihr seht vor euch einen Unglücklichen, der mehr gelitten hat, als ein Sterblicher ertragen kann. Was habe ich euch getan, daß ihr euch auf die Seite meiner Feinde schlagt, um mich in diesem Elend zu belassen? Und die Minuten verstreichen. *Jetzt* könnt ihr mich retten; wenn diese Stunde vorbei ist, verliere ich wieder den Verstand und werde erneut zum Spielzeug und zum Schoßhund, nein zum Faustpfand und zum Werkzeug der teuflischsten Zauberin, die jemals böse Pläne gegen die Menschheit geschmiedet hat. Und ausgerechnet in dieser Nacht, wo sie weg ist! Ihr beraubt mich einer Gelegenheit, die sich vielleicht nie wieder bieten wird.«

»Das ist ja schrecklich! Ich wollte, wir wären weggeblieben, bis es vorbei ist!« sagte Jill.
»Wir müssen fest bleiben!« sagte Trauerpfützler.
Jetzt wurde die Stimme des Gefangenen immer lauter!
»Ich sage euch, laßt mich los! Gebt mir mein Schwert! Mein Schwert! Wenn ich erst einmal frei bin, werde ich an den Erdmännern Rache nehmen, daß man im Unterland tausend Jahre davon sprechen wird!«
»Jetzt beginnt seine Raserei!« sagte Eustachius. »Ich hoffe, die Knoten sind alle fest!«
»Ja«, sagte Trauerpfützler. »Wenn er jetzt freikäme, hätte er die doppelte Kraft wie gewöhnlich. Und ich bin nicht sehr geschickt mit meinem Schwert. Es würde mich nicht wundern, wenn er uns beide überwältigen könnte, und dann wäre Jill allein der Schlange ausgeliefert.«
Der Gefangene zerrte jetzt so an seinen Fesseln, daß sie an den Handgelenken und den Knöcheln tief ins Fleisch schnitten. »Seid auf der Hut!« sagte er. »Seid auf der Hut! Einmal habe ich sie tatsächlich zerrissen. Aber damals war die Hexe da. Heute ist sie nicht hier, um euch zu helfen. Befreit mich jetzt, dann bin ich euer Freund. Andernfalls werde ich zu eurem tödlichen Feind!«
»Seine List kennt keine Grenzen, wie?« meinte Trauerpfützler.
»Zum letzten Mal«, sagte der Gefangene. »Ich flehe euch an, mich zu befreien. Bei aller Furcht und bei aller Liebe, beim klaren Himmel der Oberwelt, beim großen Löwen, bei Aslan selbst befehle ich euch . . .«
»Oh!« riefen die drei Reisenden, als hätte man ihnen weh getan. »Das ist das Zeichen«, sagte Trauerpfützler. »Das war der *Wortlaut* des Zeichens«, sagte Eustachius etwas vorsichtiger. »Oh, was sollen wir nur tun?« sagte Jill.
Es war eine schreckliche Entscheidung. Was hatte es genutzt, daß sie sich das Versprechen gegeben hatten, den Ritter auf keinen Fall zu befreien, wenn sie es nun doch taten, jetzt, wo er den einzigen Namen aussprach, der ihnen etwas bedeutete? Und andererseits, welchen Zweck hatte es gehabt, die Zeichen zu lernen, wenn sie dieses jetzt nicht befolgten? Aber konnte Aslan damit wirklich gemeint haben, sie sollten jemanden – einen Verrückten – befreien, wenn dieser es in seinem Namen befahl? Konnte es ein Zufall sein? Oder was war, wenn die Königin der Unterwelt alle Zeichen kannte und dem Ritter den Namen Aslans nur beigebracht hatte, um ihnen eine Falle zu stel-

len? Und angenommen, es war wirklich das Zeichen ... Sie hatten schon die letzten drei Zeichen verpaßt; beim vierten durfte das auf gar keinen Fall passieren.
»Oh, wenn wir nur wüßten, was wir tun sollen!« rief Jill.
»Ich glaube, wir wissen es«, sagte Trauerpfützler.
»Meinst du, daß alles in Ordnung kommt, wenn wir ihn losbinden?« fragte Eustachius.
»Das weiß ich nicht«, sagte Trauerpfützler. »Aslan hat ja Jill nicht gesagt, was geschehen würde. Er hat ihr nur gesagt, was sie tun soll. Es sollte mich nicht wundern, wenn der Kerl uns umbringt, sobald er frei ist. Aber das befreit uns nicht von der Pflicht, dem Zeichen zu folgen.«
Sie standen alle drei da und schauten sich mit großen Augen an. Es war ein schlimmer Augenblick. »Gut!« sagte Jill plötzlich. »Wir müssen es hinter uns bringen. Lebt wohl, ihr beiden ...!« Sie schüttelten sich gegenseitig die Hände. Der Ritter stieß inzwischen schrille Schreie aus, und auf seinen Lippen stand Schaum.
»Los, Eustachius«, sagte Trauerpfützler. Die beiden zogen das Schwert und gingen hinüber zu dem Gefangenen.
»Im Namen Aslans«, sagten sie und begannen sorgfältig, die Fesseln durchzuschneiden. Sobald der Gefangene frei war, durchquerte er mit einem einzigen Satz das Zimmer, packte sein Schwert (das man ihm abgenommen und auf den Tisch gelegt hatte) und zog es.
»Als erstes kommst du an die Reihe«, rief er und stürzte sich auf den silbernen Sessel. Es mußte ein gutes Schwert sein, denn das Silber gab unter der Klinge nach wie Sperrholz. Doch als der Stuhl zusammenbrach, fuhr ein greller Blitz daraus hervor, ein schwacher Donnerschlag ertönte, und einen Moment lang stieg ein ekelhafter Geruch auf.
»Da sollst du liegen, du gemeines Zauberwerkzeug«, rief der Ritter, »damit deine Herrin dich nicht für ein weiteres Opfer benutzen kann.« Dann wandte er sich um und betrachtete seine Retter; und was auch immer an seinem Gesicht nicht gestimmt haben mochte, es war verschwunden.
»Was?« rief er und drehte sich zu Trauerpfützler. »Sehe ich vor mir einen Moorwackler – einen richtigen, lebendigen, ehrlichen narnianischen Moorwackler?«
»Also habt Ihr doch schon von Narnia gehört?« fragte Jill.
»Hatte ich das vergessen, solange ich verzaubert war?« fragte der Ritter. »Nun, das und all die anderen Hexereien sind jetzt vorbei. Ihr

könnt versichert sein, daß ich Narnia kenne, denn ich bin Rilian, Prinz von Narnia, und König Kaspian ist mein Vater.«

»Eure königliche Hoheit«, sagte Trauerpfützler und sank auf ein Knie (die Kinder taten es ihm nach). »Wir sind zu keinem anderen Zweck hierhergekommen, als um Euch zu suchen.«

»Und wer seid ihr, meine anderen Erlöser?« sagte der Prinz, zu Eustachius und Jill gewandt.

»Aslan selbst hat uns von einem Ort hinter dem Ende der Welt hergeschickt, um Eure Hoheit zu suchen«, sagte Eustachius. »Ich bin Eustachius, der mit Eurem Vater zur Insel Ramandus segelte.«

»Ich stehe so hoch in eurer Schuld, daß ich diese wohl nie werde begleichen können«, sagte Prinz Rilian. »Aber was ist mit meinem Vater? Lebt er noch?«

»Er segelte wieder nach Osten, Herr, kurz bevor wir Narnia verließen«, sagte Trauerpfützler. »Aber Ihr dürft nicht vergessen, daß er sehr alt ist. Es steht zehn zu eins, daß Seine Majestät auf der Reise sterben wird.«

»Er ist alt, sagst du? Wie lange war ich in der Gewalt dieser Hexe?«

»Es ist mehr als zehn Jahre her, Hoheit, seit Ihr in den Wäldern an der Nordseite Narnias verschwunden seid.«

»Zehn Jahre!« sagte der Prinz und strich sich mit der Hand über das Gesicht, als wolle er die Vergangenheit wegwischen.

»Ja, ich glaube dir. Denn jetzt, wo ich wieder ich selbst bin, erinnere ich mich an mein Leben in der Verwünschung, obwohl ich mich nicht an mein wahres Ich erinnern konnte, solange ich verwunschen war. Und nun, liebe Freunde – aber wartet! Ich höre ihre Füße – ist dieser tapsende, weiche Schritt für einen Menschen nicht ekelerregend? Pfui! – auf der Treppe. Schließ die Tür, Junge! Oder bleib da. Ich habe eine bessere Idee. Ich werde diese Erdmänner an der Nase herumführen, wenn Aslan mir den Witz dazu gibt. Wartet erst einmal ab, was ich sage.«

Resolut ging er zur Tür und öffnete sie weit.

Die Königin vom Unterland

Zwei Erdmänner traten ein. Doch statt näher zu kommen, stellten sie sich rechts und links der Tür auf und verneigten sich tief. Und dann folgte sofort die Person, die sie am allerwenigsten erwartet oder herbeigesehnt hatten: die Grüngewandete, die Königin vom Unterland. Sie blieb regungslos in der Tür stehen, und sie sahen an ihren Augen, daß sie die Situation mit einem Blick erfaßte: die drei Fremden, den zerstörten silbernen Sessel und den befreiten Prinzen mit dem Schwert in der Hand.

Sie wurde leichenblaß, doch Jill war der Ansicht, diese Blässe sei nicht von der Furcht hervorgerufen, sondern vom Zorn. Einen Augenblick lang heftete die Hexe ihre Augen auf den Prinzen, und in ihnen lag Mordlust. Dann schien sie sich anders zu besinnen.

»Laßt uns allein«, sagte sie zu den beiden Erdmännern. »Und daß uns niemand stört, ehe ich rufe, oder der Tod ist ihm gewiß.« Die beiden Gnome tapsten folgsam weg, und die Hexe schloß die Tür und legte den Riegel vor.

»Was sehe ich, königlicher Prinz«, sagte sie. »Hat Euch Euer nächtlicher Anfall noch nicht übermannt, oder ist er schon so früh vorbei? Warum steht Ihr hier ohne Fesseln? Wer sind die Fremden? Sind sie es, die Euren Sessel zerstört haben, der Eure einzige Sicherheit war?«

Prinz Rilian zitterte, während sie zu ihm sprach. Kein Wunder: es ist nicht leicht, innerhalb einer halben Stunde eine Verzauberung abzuwerfen, die einen zehn Jahre lang zum Sklaven gemacht hat. Dann sagte er sehr mühsam: »Meine Dame, dieser Sessel wird nicht mehr benötigt. Und ihr, die Ihr mir hundertmal gesagt habt, wie sehr Ihr mich wegen des Zaubers bedauert, der auf mir liegt, werdet zweifellos mit Freuden hören, daß er nun für immer von mir genommen ist. Es scheint, als hättet Ihr, Hoheit, in seiner Behandlung einen kleinen Fehler gemacht. Diese, meine wahren Freunde, haben mich erlöst. Ich bin jetzt bei klarem Verstand, und es gibt zwei Dinge, die ich Euch sagen möchte. Erstens: Euer Plan – mich an den Kopf einer Armee von Erdmännern zu setzen, um in die Oberwelt vorzustoßen und mich dort durch bloße Gewalt zum König einer Nation zu machen, die mir niemals etwas angetan hat, ihre natürlichen Herrscher zu morden und als blutiger fremder Tyrann ihren Thron zu besteigen – ist mir jetzt, wo ich wieder bei mir bin, ganz und gar zuwider, und ich weise ihn als niederträchtige Schurkerei zurück. Und zweitens: Ich bin Rilian, Sohn des Königs von Narnia, einziges Kind von Kaspian, dem zehnten dieses Namens, von manchen Kaspian der Seefahrer genannt. Deshalb, meine Dame, ist es mein Wille und meine Pflicht, den Hof Eurer Hoheit sofort zu verlassen und in mein eigenes Land zurückzukehren. Seid so gut und gewährt mir und meinen Freunden freies Geleit und einen Führer durch Euer dunkles Reich.«

Die Hexe sagte kein Wort. Sie ging behutsam durch den Raum, wobei sie ihr Gesicht und ihre Augen unentwegt auf den Prinzen gerichtet hielt. Als sie bei einem kleinen Schrein in der Wand nahe beim Kamin angelangt war, öffnete sie ihn und entnahm ihm eine Handvoll grünen Pulvers. Dieses warf sie auf das Feuer. Es brannte kaum, aber es verströmte einen süßen und einschläfernden Duft. Und während des ganzen Gesprächs, das nun folgte, wurde dieser Duft immer stärker, erfüllte den Raum und erschwerte das Denken. Zweitens nahm sie aus dem Schrein ein Musikinstrument, das einer Mandoline ähnelte. Sie begann, es mit den Fingern zu zupfen – sie erzeugte dabei ein gleichmäßiges, monotones Klimpern, das man schon ein paar Minuten später nicht mehr wahrnahm. Aber je weniger man es wahrnahm, desto mehr drang es einem ins Gehirn und ins Blut. Auch das erschwerte das Denken. Nachdem die Hexe ein Weilchen geklimpert hatte (und der süße Duft stärker geworden war), begann sie mit süßer, ruhiger Stimme zu sprechen.

»Narnia?« sagte sie. »Narnia? Ich habe oft gehört, wie Ihr in Eurem Wüten diesen Namen ausgesprochen habt. Lieber Prinz, Ihr seid sehr krank. Es gibt kein Land namens Narnia.«

»Doch, das gibt es, meine Dame«, entgegnete Trauerpfützler. »Ich habe nämlich zufällig mein ganzes Leben lang dort gelebt.«

»So?« sagte die Hexe. »Dann sag mir bitte, wo dieses Land liegt.«

»Da oben«, sagte Trauerpfützler beherzt und deutete nach oben. »Ich – ich weiß nicht genau, wo.«

»Wie?« fragte die Königin mit einem freundlichen, leisen, musikalischen Lachen. »Ist dort zwischen den Steinen und dem Mörtel der Decke ein Land?«

»Nein«, sagte Trauerpfützler. Er hatte Mühe, Atem zu holen. »Es ist in der Oberwelt.«

»Und was oder wo ist diese . . . wie nennst du sie . . . Oberwelt?«

»Ach, seid doch nicht so albern«, sagte Eustachius, der mühsam gegen den Zauber des Geruchs und des Geklimpers ankämpfte. »Als ob Ihr das nicht wüßtet! Es ist oben auf der Erde, dort, wo man den Himmel, die Sonne und die Sterne sehen kann. Ihr wart doch selbst dort. Wir haben Euch dort getroffen.«

»Ich bitte um Gnade, kleiner Bruder«, lachte die Hexe glockenhell. »Ich erinnere mich nicht an diese Begegnung. Aber in unseren Träumen treffen wir unsere Freunde oft an eigenartigen Orten. Und da nicht alle dasselbe träumen, darf man nicht verlangen, daß sich auch die anderen daran erinnern.«

»Meine Dame«, sagte der Prinz streng. »Ich habe Euch schon gesagt, daß ich der Sohn des Königs von Narnia bin.«
»Und das werdet Ihr auch bleiben, lieber Freund«, sagte die Hexe beschwichtigend, als wolle sie ein Kind trösten. »In Eurer Phantasie werdet Ihr der König vieler Traumländer sein.«
»Wir waren auch dort«, erklärte Jill patzig. Sie war sehr böse, denn sie spürte, wie der Zauber immer mehr von ihr Besitz ergriff. Aber die Tatsache, daß sie dies noch spürte, zeigte, daß er noch nicht ganz gewirkt hatte.
»Und auch du bist ohne Zweifel Königin von Narnia, meine Hübsche«, sagte die Hexe im selben einschmeichelnden, spöttischen Tonfall.
»Ganz und gar nicht«, entgegnete Jill und stampfte mit dem Fuß auf. »*Wir* kommen aus einer anderen Welt.«
»Oh, dieses Spiel ist ja noch hübscher als das andere«, sagte die Hexe. »Sag uns, kleines Mädchen, wo ist diese andere Welt? Welche Schiffe und welche Kutschen verkehren zwischen eurer Welt und der unsrigen?«
Natürlich fielen Jill blitzartig viele Dinge ein: die Experimentalschule, Adela, ihr eigenes Zuhause, Radio, Fernsehen, Kino, Autos, Flugzeuge, Supermärkte. Aber alles schien verschwommen und weit weg zu sein. (Kling, kling, kling machten die Saiten des Hexeninstruments.) Jill erinnerte sich nicht mehr an die Namen der Dinge in unserer Welt. Und diesmal war ihr nicht bewußt, daß sie verzaubert war, denn jetzt hatte die Magie ihre volle Kraft erreicht; und je verzauberter man ist, desto eher ist man davon überzeugt, daß man überhaupt nicht verzaubert ist. Sie hörte sich sagen (und in diesem Augenblick war es eine Erleichterung, es zu sagen):
»Nein. Ich nehme an, diese andere Welt ist nur ein Traum.«
»Ja. Sie *ist* nur ein Traum«, sagte die Hexe, unentwegt klimpernd.
»Ja. Ein Traum«, sagte Jill.
»So eine Welt hat es nie gegeben«, sagte die Hexe.
»Nein«, sagten Jill und Eustachius. »So eine Welt hat es nie gegeben.«
»Es gab noch nie eine Welt außer der meinen«, sagte die Hexe.
»Es gab noch nie eine Welt außer der Euren«, sagten sie.
Trauerpfützler kämpfte noch immer hart. »Ich weiß nicht so recht, was Ihr alle mit einer Welt meint«, sagte er. Er sprach wie ein Mann, der keine Luft bekommt. »Ihr könnt auf dieser Fiedel spielen, bis Euch die Finger abfallen, doch Ihr werdet mich nicht dazu bringen,

Narnia und die ganze übrige Oberwelt zu vergessen. Es sollte mich zwar nicht wundern, wenn wir sie nie mehr zu Gesicht bekämen. Vielleicht habt Ihr sie ja auch ausgelöscht und so dunkel gemacht wie diese hier. Nichts ist wahrscheinlicher. Aber ich weiß, daß ich früher dort war. Ich habe einen Himmel voller Sterne gesehen. Ich habe die Sonne gesehen, wie sie am Morgen hinter dem Ozean auftauchte und am Abend hinter den Bergen versank. Und ich habe sie am Mittagshimmel stehen sehen, wo man sie nicht anschauen kann, weil sie so grell ist.«

Trauerpfützlers Worte rüttelten die anderen wieder auf. Sie atmeten wieder und schauten sich an wie Leute, die gerade aufgewacht sind.

»Ja, so ist es!« rief der Prinz. »Natürlich! Aslans Segen liegt auf diesem ehrlichen Moorwackler. Wir haben in den letzten paar Minuten alle geträumt. Wie konnten wir es nur vergessen? Natürlich haben wir alle die Sonne gesehen!«

»Bei Zeus, das haben wir!« sagte Eustachius. »Gut gemacht, Trauerpfützler! Du bist, glaube ich, der einzige, der sich seinen Verstand bewahrt hat.«

Dann erklang die Stimme der Hexe, sanft gurrend wie die Stimme einer Waldtaube nachmittags um drei Uhr an einem schläfrigen Sommertag aus den hohen Ulmen eines alten Gartens. Sie sagte:

»Was ist diese Sonne, von der ihr alle sprecht? Bedeutet dieses Wort etwas Bestimmtes?«

»Ja, das will ich meinen!« sagte Eustachius.

»Könnt ihr mir beschreiben, was es ist?« fragte die Hexe. (Kling, kling, kling machten die Saiten.)

»Euer Gnaden«, sagte der Prinz sehr kalt und sehr höflich. »Seht Ihr diese Lampe? Sie ist rund und gelb und erleuchtet den ganzen Raum; und darüber hinaus hängt sie von der Decke. Dieses Ding, das wir Sonne nennen, ist wie diese Lampe, nur ist sie viel größer und viel heller. Sie beleuchtet die ganze Oberwelt, und sie hängt am Himmel.«

»Und woran hängt sie, mein Herr?« fragte die Hexe und fügte dann mit ihrem sanften, silbernen Lachen hinzu: »Seht ihr? Wenn ihr richtig darüber nachdenkt, was die Sonne ist, so könnt ihr es mir nicht sagen. Ihr könnt mir nur sagen, sie sei wie eine Lampe. Eure Sonne ist ein Traum; und dieser Traum ist in seiner Gänze dieser Lampe nachempfunden. Die Lampe ist wirklich, doch die Sonne ist nur eine Mär, eine Geschichte, die man Kindern erzählt.«

»Ja, ich verstehe«, sagte Jill mit schwerer, hoffnungsloser Stimme. »So muß es sein.« Und während sie dies sagte, schien es ihr sehr vernünftig.

Langsam und ernst wiederholte die Hexe: »Es gibt keine Sonne.« Und alle schwiegen. Sie wiederholte mit leiserer, tieferer Stimme: »Es gibt keine Sonne.« Nach einer Pause und einem Kampf mit sich selbst sagten alle vier zusammen: »Ihr habt recht. Es gibt keine Sonne.« Es war eine große Erleichterung, nachzugeben und dies zu sagen.

»Es gab niemals eine Sonne«, sagte die Hexe.

»Nein. Es gab niemals eine Sonne«, sagten der Prinz, der Moorwackler und die Kinder.

In den letzten paar Minuten hatte Jill das Gefühl gehabt, es gäbe etwas, was sie auf gar keinen Fall vergessen durfte. Und jetzt fiel es ihr ein. Aber es war schrecklich schwer, es auszusprechen. Sie hatte das Gefühl, ein Riesengewicht läge auf ihren Lippen. Mit einer Anstrengung, die sie alle Kraft zu kosten schien, sagte sie:

»Da ist Aslan.«

»Aslan?« fragte die Hexe und steigerte fast unmerklich das Tempo ihrer Klimperei. »Was für ein hübscher Name! Was bedeutet er?«

»Aslan ist der große Löwe, der uns aus unserer Welt rief«, sagte Eustachius, »und der uns hierherschickte, um Prinz Rilian zu finden.«

»Was ist ein Löwe?« fragte die Hexe.

»Oh, verdammt!« sagte Eustachius. »Wißt ihr das nicht? Wie können wir ihr das erklären? Habt Ihr schon einmal eine Katze gesehen?«

»Gewiß«, antwortete die Königin. »Ich liebe Katzen.«

»Nun, ein Löwe ist ein klein wenig, aber wirklich nur ein klein wenig, wie eine riesige Katze – mit einer Mähne. Aber nicht wie eine Pferdemähne, wißt Ihr, sondern eher wie die Perücke eines Richters. Und er ist gelb. Und schrecklich stark.«

Die Hexe schüttelte den Kopf. »Ich merke«, sagte sie, »daß es uns mit euerm Löwen, wie ihr ihn nennt, auch nicht besser gehen wird als mit eurer Sonne. Ihr habt Lampen gesehen, und so habt ihr euch eine größere und bessere Lampe ausgedacht und sie Sonne genannt. Ihr habt Katzen gesehen, und jetzt wollt ihr eine größere und bessere Katze und wollt sie Löwe nennen. Nun, dies sind hübsche Märchengeschichten, obwohl sie euch, um ehrlich zu sein, besser anstünden, wenn ihr jünger wärt. Und seht nur, daß eure Märchengeschichten nur Dinge enthalten, die ihr der richtigen Welt, meiner Welt, der einzigen Welt, abgeschaut habt. Aber selbst ihr zwei Kinder seid zu alt für solche Spiele. Und was Euch betrifft, mein Prinz, der Ihr ein erwachsener Mann seid, Ihr solltet Euch schämen. Sind Euch derartige

Kindereien nicht peinlich? Ihr alle solltet diese kindischen Possen aufgeben! Ich habe für euch alle Arbeit in der wirklichen Welt. Es gibt kein Narnia, keine Oberwelt, keinen Himmel, keine Sonne, keinen Aslan. Und nun ins Bett mit euch. Morgen wollen wir ein weiseres Leben beginnen. Aber zuerst geht ihr zu Bett und schlaft einen tiefen Schlaf auf weichen Kissen, einen Schlaf ohne törichte Träume.«

Der Prinz und die beiden Kinder standen da und ließen den Kopf hängen. Ihre Wangen waren rot und ihre Augen halb geschlossen; alle Kraft hatte sie verlassen; der Zauber hatte sie fast völlig im Bann. Doch Trauerpfützler nahm verzweifelt seine ganze Kraft zusammen und ging hinüber zum Feuer. Dann beging er eine sehr mutige Tat. Er wußte, es würde ihm nicht ganz so weh tun wie einem normalen Menschen, denn seine bloßen Füße waren mit Schwimmhäuten versehen und ganz hart und kaltblütig wie die einer Ente. Aber er wußte, daß es ihn noch immer genug schmerzen würde; und das tat es auch. Er stampfte mit seinem bloßen Fuß auf das Feuer und zertrat in dem seichten Kamin einen großen Teil davon zu Asche. Und sofort geschahen drei Dinge.

Zuerst wurde der süße Duft sehr viel schwächer. Denn das Feuer war zwar nicht ganz ausgegangen, aber doch zum guten Teil, und das, was noch übrig war, roch nach angesengtem Moorwacklerfleisch, und dieser Geruch hat ganz und gar keine Zauberkraft. Dadurch wurden alle augenblicklich sehr viel klarer im Kopf. Der Prinz und die Kinder hoben wieder den Kopf und öffneten die Augen.

Zweitens rief die Hexe mit lauter und schrecklicher Stimme, die mit der süßen Stimme, der sie sich bisher bedient hatte, keinerlei Ähnlichkeit mehr hatte: »Was tust du? Wenn du es wagst, du Schlammhaufen, mein Feuer noch einmal zu berühren, dann verwandle ich das Blut in deinen Adern zu Feuer!«

Drittens bekam Trauerpfützler von dem Schmerz für einen Moment einen ganz klaren Kopf, und er war wieder Herr über seine Gedanken. Nichts hilft besser gegen gewisse Arten der Magie als ein starker Schmerz.

»Ein Wort, meine Dame«, sagte er, während er vom Feuer zurückhumpelte. »Ein Wort. Es sollte mich nicht wundern, wenn alles, was Ihr gesagt habt, seine Richtigkeit hätte. Ich bin eine Person, die immer gern das Schlimmste annimmt und dann das Beste daraus macht. Deshalb will ich von dem, was Ihr gesagt habt, nichts abstreiten. Aber trotzdem ist da etwas, was ich sagen muß. Angenommen, wir haben all diese Dinge wirklich geträumt oder sie uns ausgedacht – Bäume und Gras und Sonne und Mond und Sterne und Aslan selbst. Angenommen, es wäre so. Dann kann ich nur sagen, daß die ausgedachten Dinge mir um einiges wichtiger zu sein scheinen als die wirklichen. Angenommen, dieser schwarze Abgrund Eures Königreichs ist tatsächlich die einzige Welt. Nun, sie kommt mir recht armselig vor. Und es ist eine komische Sache, wenn man darüber nachdenkt. Wenn Ihr recht habt, dann sind wir lediglich Kinder, die ein Spiel spielen. Aber vier Kinder, die ein Spiel spielen, können eine Phantasiewelt schaffen, welche die Eure in den Schatten stellt. Und deshalb werde ich mich an diese Phantasiewelt halten. Ich bin auf Aslans Seite, selbst wenn es keinen Aslan gibt. Ich werde so gut wie möglich wie ein Narniane leben, selbst wenn es kein Narnia gibt. Wir danken Euch also herzlich für unser Nachtmahl, und wenn die beiden Herren und die junge Dame bereit sind, verlassen wir Euren Hof sofort, machen uns auf in die Dunkelheit und verbringen unser Leben damit, die Oberwelt zu suchen. Nicht daß unser Leben noch sehr lange währen wird; aber das ist nur ein kleiner Verlust, wenn die Welt so langweilig ist, wie Ihr sagt.«

»Hurra! Guter alter Trauerpfützler!« riefen Eustachius und Jill. Aber der Prinz schrie plötzlich: »Achtung! Die Hexe!«

Als sie hinschauten, standen ihnen fast die Haare zu Berge.

Das Instrument fiel aus ihren Händen. Ihre Arme schienen rechts und links an ihrer Seite festgewachsen zu sein. Ihre Beine waren miteinander verschlungen, und ihre Füße waren verschwunden. Die lange grüne Schleppe ihres Kleides wurde dicker und fester und schien mit der sich windenden grünen Säule ihrer verschlungenen Beine verwachsen zu sein. Und diese grüne Säule krümmte und wand sich, als hätte sie keine Gelenke oder als bestünde sie nur aus Gelenken. Den Kopf hatte sie weit zurückgeworfen, und während ihre Nase länger und länger wurde, schien der Rest ihres Gesichtes, abgesehen von den Augen, zu verschwinden. Riesige flammende Augen waren es jetzt, ohne Augenbrauen und ohne Wimpern. Man braucht Zeit, um all dies niederzuschreiben; aber es ging so schnell, daß einem gerade eben Zeit blieb, es zu beobachten. Lange bevor man Zeit gehabt hatte, etwas zu unternehmen, war die Verwandlung perfekt, und die große giftgrüne Schlange, so dick wie Jills Taille, zu der die Hexe geworden war, hatte zwei oder drei Windungen ihres ekelhaften Körpers um die Beine des Prinzen geschlungen. So rasch wie ein Blitz schlug sich eine weitere Windung um ihn, wohl um seinen Schwertarm an seiner Seite festzunageln. Doch der Prinz verlor keine Zeit. Er hob die

Arme, und so schloß sich der lebende Knoten um seine Brust – bereit, ihm die Rippen zu zerbrechen, sobald er sich zusammenzog.
Der Prinz packte mit der linken Hand den Hals der Kreatur und versuchte, ihn zuzudrücken und die Schlange zu ersticken. Diese hielt ihr Gesicht (wenn man es so nennen konnte) etwa zehn Zentimeter vor das seinige. Die gespaltene Zunge schnellte vor und zurück, doch sein Gesicht erreichte sie nicht. Mit der rechten Hand holte er mit dem Schwert zu dem stärksten Schlag, dessen er mächtig war, weit aus. In der Zwischenzeit hatten auch Eustachius und Trauerpfützler ihre Waffen gezogen und beeilten sich, ihm zu Hilfe zu kommen. Alle drei schlugen zur gleichen Zeit zu: Eustachius (dessen Schlag nutzlos war, da er nicht einmal die Schuppen durchdrang) traf den Körper der Schlange unter der Hand des Prinzen. Der Prinz und Trauerpfützler jedoch trafen am Hals. Selbst dies reichte nicht aus, um das Ungeheuer zu töten, doch es lockerte die Umklammerung um Rilians Beine und Brust. Sie schlugen immer wieder zu, und so gelang es ihnen schließlich, den Kopf abzutrennen. Das schreckliche Ding wand und schlängelte sich noch, als es schon längst tot war; und der Boden sah schrecklich aus, wie ihr euch denken könnt.
Als der Prinz wieder zu Atem gekommen war, sagte er: »Meine Herren, ich danke euch.« Dann standen die drei Kämpfer lange wortlos und nach Luft schnappend da und starrten sich an. Jill setzte sich vernünftigerweise hin und gab keinen Mucks von sich. Sie sagte sich: Ich hoffe nur, daß ich nicht ohnmächtig werde oder zu heulen anfange oder sonst etwas Blödes tu.
»Meine königliche Mutter ist gerächt«, sagte Rilian ein wenig später. »Dies ist ohne Zweifel die Schlange, die ich vor so vielen Jahren an der Quelle im Wald von Narnia vergeblich verfolgt habe. All diese Jahre war ich der Sklave der Mörderin meiner Mutter. Und doch bin ich froh, meine Herren, daß die widerliche Schlange am Ende ihre Schlangengestalt annahm. Denn ich hätte es weder mit meinem Herzen noch mit meiner Ehre vereinbaren können, eine Frau zu töten. Aber nun kümmert euch um die Dame!« Er meinte Jill.
»Mir geht es gut, danke«, sagte diese.
»Mein Fräulein«, sagte der Prinz und verbeugte sich vor ihr. »Du hast viel Mut, und ohne Zweifel wirst du es in deiner eigenen Welt weit bringen. Doch kommt, Freunde. Hier ist noch Wein. Wir wollen uns erfrischen und uns zutrinken. Und dann werden wir einen Plan schmieden.«
»Eine phantastische Idee, Herr«, sagte Eustachius.

Alle waren der Meinung, sie hätten eine »Verschnaufpause« verdient, wie Eustachius es nannte. Die Hexe hatte die Tür verriegelt und den Erdmännern befohlen, sie nicht zu stören, deshalb bestand im Moment nicht die Gefahr einer Unterbrechung. Zuerst mußten sie sich natürlich um Trauerpfützlers verbrannten Fuß kümmern. Ein paar saubere Hemden aus dem Schlafzimmer des Prinzen, in Streifen gerissen und innen mit Butter und Salatöl vom Abendbrottisch gut eingefettet, gaben einen recht guten Verband ab. Als dieser angelegt worden war, setzten sich alle hin und nahmen eine kleine Erfrischung ein. Gleichzeitig schmiedeten sie Pläne für ihre Flucht aus der Unterwelt.

Rilian erklärte, daß es viele Ausgänge zur Oberwelt gab; er war zu verschiedenen Zeiten einmal da und einmal dort hinaufgebracht worden. Aber er war nie allein gegangen, sondern immer mit der Hexe; und zu diesen Ausgängen gelangte man nur, indem man in einem Schiff über das sonnenlose Meer fuhr. Was die Erdmänner sagen würden, wenn er ohne die Hexe und mit drei Fremden zum Hafen kam und einfach ein Schiff verlangte, war nicht vorherzusehen. Aber wahrscheinlich würden sie unbequeme Fragen stellen. Allerdings befand sich der eine Ausgang, derjenige, der für die Invasion der Oberwelt bestimmt war, dieseits des Meeres und nur ein paar Kilometer entfernt. Der Prinz wußte, daß er fast fertiggestellt war und daß der ausgegrabene Gang bis knapp unter die Erdoberfläche führte. Es war sogar möglich, daß er inzwischen ganz fertig war. Vielleicht war die Hexe deshalb zurückgekommen, nämlich um ihm dies mitzuteilen und um mit dem Angriff zu beginnen. Doch selbst wenn es noch nicht soweit war, konnten sie sich vermutlich in ein paar Stunden nach oben durchgraben – wenn sie es erst einmal bis dorthin geschafft hatten, ohne aufgehalten zu werden, und wenn der Gang nicht bewacht war. Doch hier lagen die Schwierigkeiten.

»Wenn ihr mich fragt . . .« setzte Trauerpfützler an, doch Eustachius unterbrach ihn.

»Hört mal«, sagte er. »Was ist denn das für ein Lärm?«

»Das überlege ich mir auch schon die ganze Zeit«, sagte Jill.

Sie alle hatten es gehört, aber es hatte ganz allmählich begonnen und war dann stärker geworden, so daß sie nicht mehr wußten, wann es ihnen zum ersten Mal aufgefallen war. Eine Zeitlang war es nur ein vages Geräusch gewesen, so wie ein sanfter Wind oder sehr weit entfernter Verkehrslärm. Dann war es zu einem Murmeln angeschwollen, das dem Rauschen des Meeres glich. Dann erklang ein Poltern und Brausen. Und jetzt hörte man auch Stimmen und gleichmäßiges Tosen.

»Beim Löwen«, sagte Prinz Rilian. »Es scheint, als habe dieses stille Land endlich eine Zunge gefunden.« Er erhob sich, ging zum Fenster und zog die Vorhänge beiseite. Die anderen drängten sich dicht an ihn, um ebenfalls hinauszuschauen.

Als erstes bemerkten sie ein starkes rotes Glühen, dessen Widerschein einen roten Fleck auf das weit über ihnen liegende Dach der Unterwelt warf. So sahen sie eine felsige Decke über sich, die vielleicht seit der Erschaffung der Welt im Dunkeln gelegen hatte. Das Glühen selbst kam von der anderen Seite der Stadt, und viele grimmige und große Gebäude hoben sich schwarz davor ab. Doch es warf sein Licht auch über viele Straßen, die von der Stadt zum Schloß führten. Und in diesen Straßen gingen sehr seltsame Dinge vor sich. Die dichten, schweigenden Gruppen von Erdmännern waren verschwunden. Statt dessen rannten Gestalten einzeln, zu zweit oder zu dritt herum. Sie verhielten sich wie Leute, die nicht gesehen werden wollen: sie lauerten im Schatten von Pfeilern oder Türeingängen und rannten dann rasch über freies Gelände zum nächsten Versteck. Aber für denjenigen, der die Gnome kannte, war das eigenartigste von allem der Lärm. Aus allen Richtungen ertönten Schreie und Rufe. Und vom Hafen her kam ein tiefes, rollendes Brausen, das fortwährend lauter wurde und das schon jetzt die ganze Stadt zum Erbeben brachte.

»Was ist nur mit den Erdmännern los?« fragte Eustachius. »Sind *sie* es, die da so schreien?«

»Das ist kaum möglich«, sagte der Prinz. »Ich habe während all der beschwerlichen Jahre meiner Gefangenschaft nicht erlebt, daß einer dieser Halunken die Stimme erhoben hätte. Es ist zweifellos eine neue Teufelei.«

»Und was ist das rote Licht da drüben?« fragte Jill. »Brennt dort etwas?«

»Wenn ihr mich fragt«, meinte Trauerpfützler, »dann würde ich sagen, es sei das Feuer aus dem Erdinnern, das hervorbricht, um einen neuen Vulkan zu bilden. Es sollte mich nicht wundern, wenn wir uns genau in seiner Mitte befänden.«

»Schaut euch dieses Schiff an!« sagte Eustachius. »Warum nähert es sich so schnell? Die Ruder sind nicht besetzt!«

»Seht! Seht!« rief der Prinz. »Das Schiff ist schon weit vom Hafen entfernt und kommt immer näher auf uns zu – es fährt auf der Straße! Seht! Alle Schiffe fahren in die Stadt herein! Bei meinem Kopf – das Meer steigt! Die Flut kommt über uns! Dem Löwen sei gedankt, daß dieses Schloß erhöht steht. Aber das Wasser steigt schrecklich schnell!«

»Oh, was mag da nur los sein?« rief Jill. »Feuer, Wasser, und all die Leute, die in den Straßen herumrennen!«

»Ich sage dir, was da los ist«, erklärte Trauerpfützler. »Die Hexe hat einen Zauber über das Land gelegt, damit ihr ganzes Königreich zusammenbricht, falls sie getötet wird. Sie gehört zu denen, welchen es nichts ausmacht zu sterben, soferne sie sicher sind, daß derjenige, der sie umbringt, fünf Minuten später verbrannt, verschüttet oder ertränkt wird.«

»Du hast den Nagel auf den Kopf getroffen, mein lieber Wackler«, sagte der Prinz. »Als unser Schwert den Kopf der Hexe abtrennte, war es mit ihrer Zauberkraft zu Ende, und jetzt zerbricht das Land der Tiefe in Stücke. Wir sehen das Ende von Unterland vor uns.«

»Ganz recht, Herr«, sagte Trauerpfützler. »Wenn es nicht zufällig das Ende der ganzen Welt ist.«

»Aber wollen wir denn einfach hierbleiben und abwarten?« keuchte Jill.

»Das würde ich nicht raten«, entgegnete der Prinz. »Ich möchte mein Pferd Kohlschwarz retten und auch das der Hexe, Schneeflocke – ein edles Tier, das eine bessere Herrin verdient hat –, die beide in ihrem Stall im Schloßhof stehen. Danach sollten wir uns in Eile höher hinaufbegeben und rasch einen Ausgang finden. Die Pferde können zur Not jeweils zwei Personen tragen, und wenn wir sie anspornen, gelingt es ihnen vielleicht, das Wasser hinter sich zu lassen.«

»Wollt ihr keine Rüstung anlegen, Hoheit?« fragte Trauerpfützler. »*Die da* gefallen mir gar nicht« – und er zeigte hinunter zur Straße. Dutzende Gestalten kamen vom Hafen herauf, und jetzt, wo sie sich näherten, sah man, daß es offensichtlich Erdmänner waren. Sie bewegten sich nicht wie eine Gruppe von Leuten, die kein bestimmtes Ziel hat. Sie benahmen sich wie Soldaten beim Angriff, stießen vor und nahmen dann wieder Deckung, vorsichtig darauf bedacht, von den Fenstern des Schlosses aus nicht gesehen zu werden.

»Ich wage es nicht, diese Rüstung noch einmal anzulegen«, sagte der Prinz. »Ich bin darin geritten wie in einem transportablen Kerker, und sie trägt den Gestank von Zauberei und Sklaverei in sich. Aber ich werde meinen Schild nehmen.«

Er verließ den Raum und kehrte einen Augenblick später wieder zurück, mit einem eigenartigen Leuchten in den Augen.
»Seht, Freunde«, sagte er und streckte ihnen den Schild entgegen. »Vor einer Stunde war er noch über und über schwarz; schaut, wie er jetzt aussieht.« Der Schild war strahlend hell wie Silber, und in leuchtendem Rot, rot wie Kirschen oder Blut, trug er das Abbild des Löwen.
»Dies bedeutet ohne Zweifel, daß Aslan unser Führer sein wird, möge er uns in den Tod oder ins Leben führen«, sagte der Prinz. »Und was das betrifft, so ist beides dasselbe. Nun – ich schlage vor, wir knien uns alle nieder und küssen sein Abbild. Dann schütteln wir uns die Hände, wie treue Freunde, die sich bald trennen müssen. Und dann wollen wir in die Stadt hinabsteigen zu dem Abenteuer, das uns erwartet.«
Und alle taten, was der Prinz vorgeschlagen hatte. Doch als Eustachius Jills Hand schüttelte, sagte er: »Leb wohl, Jill. Tut mir leid, daß ich so feige und so ekelhaft war. Ich hoffe, du kommst gut nach Hause«, und Jill sagte: »Leb wohl, Eustachius. Es tut mir leid, daß ich so eine blöde Kuh war.«
Der Prinz schloß die Tür, und sie gingen die Treppe hinunter: der Prinz, Trauerpfützler und Eustachius mit gezogenem Schwert und Jill mit gezücktem Messer. Doch die Dienstboten waren verschwunden, und das große Zimmer am Fuß der Treppe war verlassen. Die grauen, trübseligen Lampen brannten noch, und in ihrem Licht gingen sie ohne Schwierigkeiten von einem Gang zum nächsten und stiegen eine Treppe nach der anderen hinab. Den Lärm von draußen hörte man hier nicht ganz so wie von dem Zimmer oben. Im Haus selbst war alles totenstill und verlassen. Erst als sie um eine Ecke bogen und die große Halle im Erdgeschoß betraten, trafen sie den ersten Erdmann – ein fettes, weißliches Geschöpf (mit einem Gesicht, das große Ähnlichkeit mit dem eines Schweinchens hatte), das gerade alle Speisereste auf den Tischen verschlang. Es quiekte (auch dieses Quieken klang dem eines Schweinchens sehr ähnlich) und rannte unter eine Bank, wobei es blitzschnell seinen langen Schwanz aus der Reichweite Trauerpfützlers zog. Dann lief es so schnell durch die Tür an der gegenüberliegenden Seite, daß eine Verfolgung zwecklos war.
Von der Halle kamen sie hinaus auf den Schloßhof. Jill, die in den Ferien eine Reitschule besuchte, war gerade der Stallgeruch aufgefallen (und an einem Ort wie Unterland ist das ein sehr schöner, ehrli-

cher, heimeliger Geruch), als Eustachius sagte: »Großer Gott! Schaut euch das an!« Irgendwo hinter den Schloßmauern war ein prächtiger Feuerwerkskörper aufgestiegen und hatte sich in grüne Sternchen aufgelöst.
»Ein Feuerwerk!« rief Jill verwirrt.
»Ja«, sagte Eustachius. »Aber ihr meint doch wohl nicht, daß diese Erdmänner sie aus Spaß abgeschossen haben? Es ist ein Signal!«
»Und bestimmt bedeutet es für uns nichts Gutes!« meinte Trauerpfützler.
»Freunde«, sagte der Prinz. »Wenn man an einem solchen Abenteuer teilnimmt, muß man alle Hoffnungen und Ängste aufgeben, andernfalls verliert man entweder die Ehre oder den Verstand, noch bevor man umkommt oder gerettet wird. He, meine Schönen!« (Er öffnete gerade die Stalltür.) »He, ihr beiden! Ruhig, Kohlschwarz! Sachte, Schneeflocke! Ihr seid nicht vergessen!«
Die beiden Pferde waren durch die seltsamen Lichter und die Geräusche sehr verschreckt. Jill, die bei dem Durchgang zwischen den beiden Höhlen so ängstlich gewesen war, ging ohne Furcht zu den stampfenden und schnaubenden Pferden hinein, und sie und der Prinz hatten die beiden schon nach ein paar Minuten gezäumt und gesattelt. Sie sahen sehr schön aus, als sie mit zurückgeworfenem Kopf in den Schloßhof herauskamen. Jill bestieg Schneeflocke, und Trauerpfützler saß hinter ihr auf. Eustachius schwang sich hinter dem Prinzen auf Kohlschwarz. Dann ritten sie mit lautem Hufgeklapper durch das Haupttor hinaus auf die Straße.
»Wir brauchen keine Angst zu haben, daß wir verbrennen. Das ist das schöne daran«, meinte Trauerpfützler und deutete nach rechts. Dort, kaum hundert Meter entfernt, schwappte Wasser gegen die Hauswände.
»Mut!« sagte der Prinz. »Die Straße dort führt steil nach unten. Das Wasser steht nur bis zur halben Höhe des höchsten Hügels der Stadt. Zwar dürfte es in der ersten halben Stunde schon so hoch gestiegen sein, wie es jetzt steht, doch vielleicht steigt es in den nächsten zwei Stunden auch nicht mehr höher. Vor denen da habe ich mehr Angst . . .«
Und er deutete mit seinem Schwert auf einen kräftigen, großen Erdmann mit Eberhauern, dem sechs weitere in den unterschiedlichsten Gestalten und Formen folgten. Sie alle waren gerade aus einer Seitenstraße herausgerannt und waren im nächsten Moment im Schatten der Häuser wieder verschwunden.

Der Prinz ritt voraus auf die rote Feuersglut zu, doch er hielt sich ein wenig links davon. Er hatte vor, um das Feuer herumzureiten, um höhergelegenes Gelände zu erreichen, in der Hoffnung, den Weg zu dem neugegrabenen Gang nach oben zu finden. Im Gegensatz zu den anderen schien ihm das Ganze fast Spaß zu machen. Er pfiff im Reiten, und er sang Bruchstücke eines alten Liedes über Corin Donnerfaust aus Archenland. Er war so froh, daß er von seiner langwährenden Verzauberung erlöst war, daß ihm im Vergleich dazu alle Gefahren wie ein Spiel vorkamen. Doch für die anderen war der Ritt recht unheimlich.
Hinter sich hörten sie das Aufeinanderprallen ineinander verkeilter Schiffe und das Poltern einstürzender Gebäude. Über sich an der Decke der Unterwelt sahen sie den mächtigen Fleck des gespenstischen Lichts. Vor ihnen war das geheimnisvolle Glühen, das nicht größer zu werden schien. Aus der gleichen Richtung erklangen unentwegt Rufe und Schreie, Katzengekreische, Gelächter, Gequieke und Gebell; und alle möglichen Feuerwerkskörper stiegen hinauf in die Dunkelheit. Keiner wußte, was diese Feuerwerkskörper zu bedeuten hatten. In der Nähe der vier Wanderer war die Stadt teilweise von dem roten Glühen und teilweise von dem völlig andersartigen Licht der trüben Gnomlampen beleuchtet. Aber es gab viele Stellen, wohin gar kein Licht fiel, und dort war es pechschwarz. Dort huschten ununterbrochen Erdmänner hin und her, immer mit den Augen auf die Reisenden gerichtet und immer bemüht, nicht gesehen zu werden. Dort gab es große Gesichter und kleine Gesichter, riesige Augen wie die von Fischen und kleine Augen wie die von Bären. Da gab es Federn und Stacheln, Hörner und Stoßzähne, Nasen, die aussahen wie Peitschenschnüre, und Kinne, so lang, daß sie aussahen wie ein Bart. Immer wieder tauchte eine größere Gruppe von Erdmännern auf; kamen sie zu nah, zog der Prinz jedesmal sein Schwert und tat so, als wolle er sich auf sie stürzen. Und dann rannten die Geschöpfe mit den verschiedensten Rufen, Quiekern und Glueckslauten in der Dunkelheit davon.
Aber als sie durch viele Straßen hinaufgestiegen waren, das Wasser weit zurückgelassen hatten und auch die Stadt schon fast hinter ihnen lag, begann es ernster zu werden. Sie waren jetzt ganz in der Nähe des roten Glühens und befanden sich fast auf gleicher Höhe, doch sie konnten noch immer nicht erkennen, was es war. Aber in seinem Licht konnten sie ihre Feinde genauer betrachten. Hunderte – vielleicht auch Tausende – von Gnomen bewegten sich auf das Glühen

zu. Aber sie rannten immer nur ein kurzes Stück. Und wenn sie dann anhielten, drehten sie sich um und sahen zu den Reisenden zurück.
»Wenn mich Eure Hoheit fragen sollte«, meinte Trauerpfützler, »so würde ich sagen, daß diese Kerle vorhaben, uns den Weg abzuschneiden.«
»Das habe ich mir auch gedacht, Trauerpfützler«, sagte der Prinz. »Und wir können uns niemals durch so viele von ihnen einen Weg bahnen. Hör zu: Wir reiten eng an der Mauer jenes Hauses entlang. Und sofort, wenn wir dort ankommen, steigst du ab und versteckst dich im Schatten des Gebäudes. Die Dame und ich werden ein paar Schritte weiterreiten. Einige der Halunken werden uns zweifellos folgen: sie sind dicht hinter uns. Du mit deinen langen Armen nimmst einen davon gefangen, während er an dir vorbeischleicht. Dann erfahren wir vielleicht, was sie gegen uns im Schilde führen.«
»Aber werden sich nicht alle anderen auf uns stürzen, um den Gefangenen zu befreien?« sagte Jill, deren Stimme nicht sehr fest war, obwohl sie dies zu verbergen versuchte.
»Dann, mein Fräulein«, sagte der Prinz, »wirst du uns im Kampf sterben sehen, und du mußt dich dem Löwen anvertrauen. Los guter Trauerpfützler.«
So behende wie eine Katze schlüpfte der Moorwackler in den Schatten. Die anderen ritten eine schreckliche Minute lang oder so im Schritt weiter. Dann ertönten von hinten plötzlich Schreie, die einem fast das Blut in den Adern gerinnen ließen. Dazwischen hörte man die vertraute Stimme Trauerpfützlers, der sagte: »So! Du brauchst nicht zu schreien, bevor man dir etwas tut, sonst tut man dir wirklich etwas! Man könnte meinen, ein Schwein wäre abgestochen worden!«
»Das war ein guter Fang«, rief der Prinz. Er wandte sofort sein Pferd Kohlschwarz und kam zur Ecke des Hauses zurück. »Eustachius, sei so gut und halte den Kopf meines Pferdes.« Dann stieg er ab, und alle drei sahen schweigend zu, wie Trauerpfützler seinen Fang ans Licht zog. Es war ein absolut jämmerlicher Gnom, kaum einen Meter groß. Er hatte eine Art Wulst auf dem Kopf, so ähnlich wie ein Hahnenkamm (nur war er hart), kleine rötliche Augen, und sein Mund und sein Kinn waren so rund und so groß, daß sein Gesicht aussah wie das von einem Miniaturwalroß. Hätten die Wanderer sich nicht in einer derartigen Klemme befunden, wären sie bei seinem Anblick in Gelächter ausgebrochen.
»Nun, Erdmann«, sagte der Prinz. Er stand über dem Gefangenen

und hielt die Schwertspitze auf dessen Hals gerichtet. »Sprich wie ein ehrlicher Gnom, dann erhältst du deine Freiheit zurück. Wenn du aber ein falsches Spiel mit uns spielst, ist dir der Tod gewiß! Guter Trauerpfützler, wie kann er reden, solange du ihm den Mund so fest zuhältst?«

»Nein, reden kann er so nicht – beißen aber auch nicht«, sagte Trauerpfützler. »Wenn ich so lächerlich weiche Hände hätte wie ihr Menschen – ich bitte Euch um Vergebung, Euer Gnaden –, wäre ich inzwischen blutüberströmt. Und selbst ein Moorwackler hat irgendwann einmal genug davon, laufend gebissen zu werden.«

»Bürschchen!« sagte der Prinz zu dem Gnom. »Noch ein Biß, und du bist des Todes. Nimm die Hand weg, Trauerpfützler!«

»Oh – ii – ii!« quiekte der Erdmann. »Laßt mich gehen, laßt mich gehen! Ich war es nicht! Ich habe es nicht getan!«

»Was hast du nicht getan?« fragte Trauerpfützler.

»Was immer ich Eurer Meinung nach getan haben soll«, antwortete das Geschöpf.

»Sag mir deinen Namen«, befahl der Prinz, »und was ihr Erdmänner heute im Schild führt.«

»O bitte, Hoheiten, bitte, liebe Herren«, winselte der Gnom. »Versprecht mir, Ihrer Hoheit der Königin nichts von dem zu verraten, was ich Euch sage.«

»Ihre Hoheit die Königin, wie du sie nennst, ist tot. Ich selbst habe sie getötet.«

»Was?« rief der Gnom und riß seinen lächerlichen Mund vor Staunen weit und immer noch weiter auf. »Tot? Die Hexe ist tot? Und von der Hand Eurer Hoheit?« Er stieß einen tiefen Seufzer der Erleichterung aus und fügte hinzu: »Dann seid Ihr ja ein Freund!«

Der Prinz zog sein Schwert ein paar Zentimeter zurück. Trauerpfützler gestattete es dem Gnom, sich aufzusetzen. Der schaute die vier Reisenden mit seinen blinzelnden roten Augen an, lachte ein- oder zweimal vor sich hin, und dann erzählte er.

Der tiefste Punkt der Welt

»Mein Name ist Golg«, begann der Gnom. »Und ich werde euch alles sagen, was ich weiß. Vor etwa einer Stunde gingen wir alle traurig und still unserer Arbeit nach – *ihrer* Arbeit, müßte ich eigentlich sagen –, ganz so, wie wir es seit vielen Jahren Tag für Tag tun. Dann gab es plötzlich ein furchtbares Krachen und einen Schlag. Gleich darauf sagt sich jeder von uns: Ich habe schon ewig nicht mehr gesungen oder getanzt oder ein Späßchen gemacht. Warum wohl nicht? Und jeder denkt sich: Ich muß wohl verzaubert gewesen sein. Und dann sagt sich jeder: Ich will verdammt sein, wenn ich weiß, warum ich diese Last herumtrage, und jetzt reicht es mir, ich trage sie nicht mehr weiter. Und dann werfen wir alle unsere Säcke und Bündel und Werkzeuge weg. Dann dreht sich jeder um und sieht das rote Glühen da drüben. Und alle fragen sich: Was ist das? Und jeder gibt sich die Antwort selbst und sagt: Da hat sich eine Spalte oder eine Kluft aufgetan, und da kommt ein schönes warmes Glühen aus dem wirklichen Land der Tiefe, das tausend Klafter unter uns liegt.«

»Nein!« rief Eustachius. »Gibt es weiter unten auch noch Länder?«

»O ja, Euer Ehren«, sagte Golg. »Da gibt es herrliche Gegenden. Wir nennen es das Land des Abgrunds. Das Land, in dem wir uns jetzt befinden, das Land der Hexe, nennen *wir* das Seichte Land. Für unseren Geschmack ist es ein gutes Stück zu nah an der Oberfläche. Igitt! Man könnte fast genausogut draußen an der Oberfläche leben. Versteht ihr, wir alle sind arme Gnome aus dem Land des Abgrunds, die von der Hexe durch Zauberei heraufgerufen wurden, um für sie zu arbeiten. Aber wir hatten all das vollkommen vergessen, bis dieser Donnerschlag ertönte und der Zauberbann gebrochen war. Wir wußten nicht, wer wir waren, noch wo wir hingehörten. Außer dem, was sie uns in den Kopf setzte, konnten wir nichts tun und nichts denken. Und es waren trübe und düstere Dinge, die sie uns all die Jahre in den Kopf gesetzt hat. Ich habe fast vergessen, wie man einen Spaß oder ein Tänzchen macht. Aber im gleichen Augenblick, wo es diesen Knall gab und sich der Spalt öffnete und das Meer anstieg, kam alles wieder. Und natürlich machten wir uns so schnell wie möglich auf den Weg, um durch den Spalt hinunter in unsere Heimat zu gelangen. Und da drüben könnt ihr sehen, wie sie Feuerwerkskörper abschießen und vor Freude auf dem Kopf stehen. Und ich wäre euch sehr dankbar, wenn ihr mich bald freilassen würdet, damit ich mich dazugesellen kann.«

»Ich finde das einfach phantastisch!« sagte Jill. »Ich bin so froh, daß wir nicht nur uns, sondern auch die Gnome befreit haben, als wir der Hexe den Kopf abschlugen! Und ich freue mich riesig, daß sie in Wirklichkeit nicht so langweilig und trübsinnig sind – genausowenig, wie der Prinz so ist, wie er anfänglich zu sein schien.«

»Nun, das ist ja alles schön und gut, Jill«, sagte Trauerpfützler vorsichtig. »Aber diese Gnome sahen mir nicht so aus, als wollten sie lediglich wegrennen. Es sah eher nach einer militärischen Formation aus, wenn ihr mich fragt. Schau mir ins Gesicht, Golg, und sag mir, ob ihr euch auf einen Kampf vorbereitet habt!«

»Natürlich, Euer Ehren«, antwortete Golg. »Wir wußten ja nicht, daß die Hexe tot ist. Wir dachten, sie würde uns vom Schloß aus beobachten. Wir versuchten, uns unbemerkt wegzustehlen. Und als ihr vier mit Schwertern und mit Pferden ankamt, da hat sich natürlich jeder gesagt: So, jetzt geht es los. Denn wir wußten ja nicht, daß Ihr, Hoheit, nicht auf der Seite der Hexe steht. Und wir waren entschlossen, eher bis zum äußersten zu kämpfen, als die Hoffnung aufzugeben, in den Abgrund heimzukehren.«

»Ich bin sicher, daß dies ein ehrlicher Gnom ist«, sagte der Prinz. »Laß ihn los, Trauerpfützler, mein Freund. Was mich betrifft, guter Golg, so war ich wie du und deine Freunde verzaubert und habe erst vor kurzem zu meinem wahren Ich zurückgefunden. Und nun noch eine Frage. Kennst du den Weg zu dem neugegrabenen Gang, durch den die Zauberin eine Armee zum Kampf gegen Oberland aussenden wollte?«

»Ii-ii-ii!« quiekte Golg. »Ja, ich kenne diesen schrecklichen Weg. Ich werde Euch zeigen, wo er anfängt. Aber Ihr braucht mich gar nicht erst darum zu bitten, Euch auf diesem Weg zu begleiten. Lieber sterbe ich.«

»Warum?« fragte Eustachius besorgt. »Was ist denn so schrecklich daran?«

»Zu nahe an der Oberfläche«, sagte Golg und schüttelte sich. »Das war das Schlimmste, was uns die Hexe angetan hat. Sie wollte uns nach draußen führen – an die Oberfläche der Welt. Es wird gesagt, daß es dort kein Dach gibt: nur eine schreckliche und riesige Leere, die man Himmel nennt. Und die Ausgrabungen sind so weit fortgeschritten, daß man schon mit ein paar Pickelschlägen draußen ist. Ich würde es nicht wagen, mich dieser Stelle zu nähern.«

»Hurra! Das läßt sich hören!« rief Eustachius. Und Jill sagte: »Aber da droben ist es ganz und gar nicht schrecklich. Uns gefällt es. Wir leben dort.«

»Ich weiß, daß ihr Oberweltler dort lebt«, sagte Golg. »Aber ich habe gedacht, das sei nur deshalb, weil ihr nicht nach unten findet. Es kann euch doch nicht tatsächlich gefallen – wie Fliegen oben auf der Welt herumzukriechen!«

»Was hältst du davon, uns sofort den Weg zu zeigen?« sagte Trauerpfützler.
Die ganze Gruppe machte sich auf den Weg. Der Prinz bestieg wieder sein Pferd. Trauerpfützler saß hinter Jill auf, und Golg ging voran. Unterwegs verbreitete er laut die gute Nachricht, daß die Hexe tot und daß die vier Oberweltler ungefährlich seien. Und die, welche ihn hörten, verkündeten es den anderen, und so hallten schon wenige Minuten später durch das ganze Unterland Schreie und Hurrarufe. Und Hunderte und Tausende von hüpfenden, radschlagenden, auf dem Kopf stehenden, Froschhüpfen spielenden, Knallfrösche abschießenden Gnomen umringten Kohlschwarz und Schneeflocke. Und der Prinz mußte mindestens zehnmal die Geschichte seiner Verzauberung und seiner Rettung erzählen.
So erreichten sie schließlich die Spalte. Sie war etwa dreihundert Meter lang und vielleicht fünfzig Meter breit. Die vier stiegen vom Pferd, traten an den Rand und schauten hinab. Große Hitze schlug ihnen ins Gesicht, vermischt mit einem Geruch, der nichts glich, was sie jemals gerochen hatten. Er war schwer, scharf, aufregend und brachte einen zum Niesen. Tief drunten war es so hell, daß sie zuerst geblendet waren und überhaupt nichts sehen konnten. Als sie sich an die Helligkeit gewöhnt hatten, schien es ihnen so, als sähen sie einen aus Feuer bestehenden Fluß und an den Flußufern so etwas wie Felder und Wälder von unerträglichem, heißem Glanz – doch mit dem Fluß verglichen waren sie fast düster. Sie schillerten in allen Farben: Blau, Rot, Grün und Weiß; eine sehr schöne bunte Glasscheibe, durch die am Mittag die Tropensonne fällt, mag vielleicht einen ähnlichen Effekt liefern. An den zerklüfteten Wänden der Spalte kletterten Hunderte von Erdmännern hinab, die vor dem grellen Licht aussahen wie schwarze Fliegen.
»Euer Ehren«, sagte Golg (und als sie sich umwandten, um ihn anzuschauen, sahen sie ein paar Minuten lang nur Schwarz, so geblendet waren sie). »Euer Ehren, warum kommt Ihr nicht mit hinab in den Abgrund? Dort wärt Ihr glücklicher als in diesem kalten, ungeschützten und nackten Land da oben. Oder kommt wenigstens für einen kurzen Besuch mit hinunter!«
Jill hielt es für selbstverständlich, daß keiner der anderen diesen Gedanken auch nur für einen Moment in Erwägung zog. Zu ihrem Entsetzen hörte sie jedoch den Prinzen sagen:
»Ich hätte wahrlich Lust, Golg, mein Freund, mit dir hinunterzukommen. Denn dies ist ein prächtiges Abenteuer und vermutlich hat noch

nie ein Sterblicher das Land des Abgrunds geschaut – und vermutlich wird auch keiner mehr Gelegenheit dazu haben. Und ich weiß nicht, wie ich in den kommenden Jahren den Gedanken ertragen soll, daß es einst in meiner Macht lag, die tiefsten Tiefen der Erde zu erforschen, und daß ich es unterließ. Aber könnte ein Mensch dort leben? Ihr schwimmt doch wohl nicht in diesem Feuerfluß?«

»O nein, Euer Ehren. Wir nicht. Nur die Salamander leben direkt im Feuer.«

»Was für ein Tier ist euer Salamander?« fragte der Prinz.

»Es ist schwer, ihn zu beschreiben, Euer Ehren«, sagte Golg, »denn sie sind so weißglühend, daß man sie nicht anschauen kann. Aber sie sind fast wie kleine Drachen. Sie sprechen zu uns aus dem Feuer. Sie sind sehr geistreich und redegewandt.«

Jill warf einen raschen Blick auf Eustachius. Sie war sicher, daß ihm der Gedanke, in diese Spalte zu klettern, noch weniger behagte als ihr selbst. Doch ihr Herz sank, als sie sein Gesicht sah. Er ähnelte jetzt viel eher dem Prinzen als dem alten Eustachius aus der Experimentalschule. Denn jetzt fielen ihm all seine Abenteuer und Erlebnisse wieder ein, als er mit König Kaspian zum Ende der Welt gesegelt war.

»Eure Hoheit«, sagte er. »Wenn mein alter Freund, Riepischiep die Maus, da wäre, würde er sagen, wir könnten uns dieses Abenteuer nicht entgehen lassen, das wären wir einfach unserer Ehre schuldig.«

»Da unten«, sagte Golg, »könnte ich euch wahres Gold, wahres Silber und wahre Diamanten zeigen.«

»Pah!« sagte Jill unhöflich. »Als ob wir nicht wüßten, daß wir uns hier weit tiefer befinden, als selbst die tiefste Mine reicht.«

»Ja«, sagte Golg. »Ich habe von diesen kleinen Kratzern in der Erdkruste gehört, die ihr Oberweltler Minen nennt. Aber dort findet man nur totes Gold, totes Silber und tote Edelsteine. Unten im Land des Abgrunds leben und wachsen sie. Dort pflücke ich euch einen Strauß von Rubinen, die man essen kann, und presse euch einen Becher voll Diamantensaft. Ihr werdet euch mit den kalten, toten Schätzen eurer seichten Minen nicht mehr abgeben mögen, nachdem ihr die lebenden Schätze des Abgrunds gekostet habt.«

»Mein Vater reiste zum Ende der Welt«, sagte Rilian nachdenklich. »Es wäre phantastisch, wenn sein Sohn zum tiefsten Punkt der Welt vordränge.«

»Wenn Ihr Euren Vater noch einmal sehen wollt, Hoheit, was ihm, wie ich annehme, lieber wäre«, sagte Trauerpfützler, »dann wird es Zeit, daß wir uns auf den Weg zum neugegrabenen Gang machen.«

»Und ich gehe nicht in das Loch hinunter, was immer ihr auch sagen mögt«, fügte Jill hinzu.
»Nun«, sagte Golg, »wenn Euer Ehren wirklich entschlossen sind, zur Oberwelt zurückzukehren: ein Stück der Straße liegt um einiges niedriger als das Gelände hier. Und wenn das Wasser noch weiter steigt . . .«
»Oh, kommt schnell, kommt schnell!« flehte Jill.
»Ich fürchte, es muß so sein«, sagte der Prinz mit einem tiefen Seufzer. »Aber ich lasse die eine Hälfte meines Herzens im Land des Abgrunds zurück.«
»O bitte«, flehte Jill.
»Wo ist diese Straße?« fragte Trauerpfützler.
»Die ganze Strecke ist beleuchtet«, sagte Golg. »Ihr könnt den Anfang der Straße jenseits der Spalte sehen.«
»Wie lange werden die Lampen brennen?« fragte Trauerpfützler.
In diesem Moment ertönte aus den Tiefen des Abgrunds eine zischende, sengende Stimme, die wie die Stimme des Feuers selbst klang. (Sie fragten sich hinterher, ob es vielleicht die Stimme eines Salamanders gewesen sein könnte.)
»Rasch! Rasch! Rasch! Zu den Klippen, zu den Klippen, zu den Klippen!« sagte die Stimme. »Die Spalte schließt sich, sie schließt sich. Sie schließt sich. Rasch! Rasch!« Und im gleichen Augenblick bewegten sich die Felsen mit ohrenbetäubendem Krachen und Knirschen. Und vor ihren Augen verschmälerte sich die Spalte. Von allen Seiten rannten verspätete Gnome darauf zu. Sie nahmen sich nicht die Zeit, über die Felsen hinunterzuklettern, sondern warfen sich kopfüber in die Spalte, und ob es nun deshalb war, weil von unten ein starker Strom heißer Luft aufstieg, oder aus irgendeinem anderen Grund, auf jeden Fall konnte man sehen, daß sie wie Blätter nach unten schwebten. Die Anzahl der nach unten schwebenden Gnome wurde immer größer, bis ihre Schwärze den glühenden Fluß und die Wälder aus lebenden Edelsteinen fast verdeckte.
»Lebt wohl, Euer Ehren, ich gehe!« rief Golg und sprang. Nur noch wenige Gnome waren übriggeblieben, um ihm zu folgen. Der Spalt war jetzt nur noch so breit wie ein Bach. Jetzt war er schon so eng wie der Schlitz in einem Briefkasten. Jetzt nur noch ein strahlend heller Faden. Dann, mit einer Erschütterung wie von tausend Güterzügen, die auf tausend Paar Puffer auftreffen, schlossen sich die Felsenlippen. Der heiße, durchdringende Geruch verschwand. Die Reisenden waren allein in einer Unterwelt, die jetzt noch viel dunkler war

als zuvor. Blaß, düster und trostlos zeigten die Lampen, in welcher Richtung die Straße verlief.
»Nun«, sagte Trauerpfützler. »Ich wette zehn zu eins, daß es schon zu spät ist, aber wir können immerhin noch einen Versuch machen. Sollte mich nicht wundern, wenn die Lampen in fünf Minuten ausgingen.«
Sie trieben ihre Pferde zu einem kurzen Galopp an, und so donnerten sie elegant über die trüb beleuchtete Straße. Schon nach wenigen Metern begann die Straße steil abzufallen. Wenn sie nicht gesehen hätten, daß die Lampen auf der anderen Seite des Tales ebenso steil wieder nach oben führten, hätten sie gedacht, Golg habe sie auf den falschen Weg geschickt. Doch am Fuß des Tales fiel das Licht der Lampen auf bewegtes Wasser.
»Schnell!« rief der Prinz. Sie galoppierten den Hang hinab. Schon fünf Minuten später wäre es da unten schon sehr unangenehm geworden, denn die Flut kam rasend schnell und ließ das Wasser ansteigen, und wenn es zu schwimmen gegolten hätte, so hätten die Pferde das Rennen wohl kaum gewonnen. Aber so stand das Wasser noch immer nur etwas mehr als einen halben Meter hoch, und obwohl es die Füße der Pferde lebhaft umspülte, erreichten sie sicher die andere Seite.
Dann begann der langsame, ermüdende Marsch aufwärts, bei dem man außer den fahlen Lampen, die höher und höher hinaufführten, überhaupt nichts vor Augen hatte. Als die vier zurückschauten, sahen sie, wie sich das Wasser ausbreitete. Sämtliche Hügel von Unterland waren jetzt Inseln, und nur die Lampen auf diesen Inseln brannten einstweilen noch. Eins nach dem anderen verlöschte irgendwo in der Ferne ein Licht. Schon bald mußte überall vollkommene Dunkelheit herrschen, abgesehen von der Straße, der sie folgten: und selbst da, im unteren Abschnitt hinter ihnen, waren die Lampen zwar noch nicht ausgegangen, doch sie warfen ihr Licht auf Wasser.
Obwohl sie guten Grund zur Eile hatten, konnten die Pferde nicht ewig ohne Rast weitergehen. So hielten sie an – und in der Stille hörten sie das Plätschern des Wassers.
»Ob wohl dieser – wie hieß er noch – Vater Zeit inzwischen weggeschwemmt worden ist?« fragte Jill. »Und all diese eigenartigen schlafenden Tiere?«
»Ich glaube nicht, daß wir schon so hoch oben sind«, sagte Eustachius. »Weißt du nicht mehr, wie weit wir bergab steigen mußten, um zum sonnenlosen Meer zu kommen? Ich glaube nicht, daß das Wasser das Grab von Vater Zeit schon erreicht hat.«

»Das mag ja sein«, sagte Trauerpfützler. »Aber mich interessieren eher die Lampen auf dieser Straße. Sie sehen ein wenig kränklich aus, oder nicht?«
»Das tun sie schon die ganze Zeit«, entgegnete Jill.
»Aber jetzt sind sie grünlicher«, meinte Trauerpfützler.
»Du willst damit doch wohl nicht sagen, daß du glaubst, sie gingen aus?« rief Eustachius.
»Nun, wie sie auch immer funktionieren mögen, man kann nicht erwarten, daß sie ewig brennen«, antwortete der Moorwackler. »Aber laß den Mut nicht sinken, Eustachius. Ich habe auch das Wasser beobachtet, und ich glaube nicht, daß es noch so schnell ansteigt wie zuvor.«
»Ein schwacher Trost, mein Freund«, sagte der Prinz, »wenn wir den Weg nach draußen nicht finden. Ich bitte euch alle um Vergebung! Mein Stolz und meine Wunschträume waren es, die uns am Schlund des Landes vom Abgrund aufgehalten haben. Laßt uns weiterreiten!«
In der nächsten Stunde dachte Jill einmal, Trauerpfützler habe recht gehabt mit den Lampen, und einmal dachte sie, es sei nur ihre Einbildung. Unterdessen veränderte sich die Landschaft. Die Decke von Unterland hatte sich so weit genähert, daß man sie selbst bei diesem trüben Licht recht genau sehen konnte. Und die mächtigen, zerklüfteten Wände von Unterland kamen zu beiden Seiten immer näher. Tatsächlich führte die Straße aufwärts und mündete in einen steilen Tunnel. Jetzt kamen die vier an Pickeln, Schaufeln und Schubkarren vorbei, und sie sahen noch weitere Anzeichen, daß hier bis vor kurzem gegraben worden war. All dies hätte sie sehr ermutigt, wenn sie nur mit Sicherheit gewußt hätten, daß der Weg auch bis nach draußen führte. Der Gedanke, einen Tunnel zu betreten, der immer enger und enger wurde und in dem es immer schwieriger werden würde, wieder umzukehren, war sehr unangenehm.
Schließlich wurde die Decke so niedrig, daß sich Trauerpfützler und der Prinz den Kopf daran anstießen. Alle vier saßen ab und gingen neben den Pferden her. Der Weg war hier sehr uneben, und man mußte bei jedem Schritt genau aufpassen. Und nun bemerkte Jill, daß es immer dunkler wurde. Jetzt gab es keinen Zweifel mehr. Die Gesichter der anderen sahen in dem grünlichen Dämmerlicht seltsam und gespenstisch aus. Dann stieß Jill plötzlich (ohne es zu wollen) einen Schrei aus. Das nächste Licht vor ihnen verlöschte. Dann ging auch die Lampe hinter ihnen aus. Und dann war es plötzlich stockdunkel.

»Mut, Freunde«, erklang die Stimme von Prinz Rilian. »Aslan ist unser guter Herr, ob wir nun am Leben bleiben oder sterben müssen.«
»Das stimmt, Herr«, sagte Trauerpfützler. »Und man darf nicht vergessen, daß es etwas Gutes an sich hat, wenn man hier unten eingeschlossen ist: man spart sich die Beerdigungskosten.«
Jill hielt den Mund. (Wenn man nicht will, daß die anderen merken, wie große Angst man hat, ist dies sehr vernünftig, denn es ist die Stimme, die einen verrät.)
»Wir können genausogut weitergehen, anstatt hier stehenzubleiben«, sagte Eustachius, und als Jill das Zittern in *seiner* Stimme hörte, wußte sie, wie gut es gewesen war, ihrer eigenen Stimme nicht zu trauen.
Trauerpfützler und Eustachius gingen voraus. Sie streckten die Arme vor sich, um nicht gegen ein Hindernis zu rennen. Jill und der Prinz folgten mit den Pferden.
»Ist mit meinen Augen etwas nicht in Ordnung«, fragte viel später die Stimme von Eustachius, »oder sehe ich da oben einen Lichtfleck?«
Statt einer Antwort rief Trauerpfützler: »Halt! Hier geht es nicht mehr weiter. Aber ich spüre Erde und keinen Felsen. Was hast du gesagt, Eustachius?«
»Beim Löwen«, sagte der Prinz. »Eustachius hat recht. Das ist eine Art . . .«
»Aber es ist kein Tageslicht«, sagte Jill. »Es ist nur eine Art kaltes, blaues Licht.«
»Immerhin besser als gar keins«, meinte Eustachius. »Ist es möglich, da hinaufzukommen?«
»Es ist nicht genau über unseren Köpfen«, sagte Trauerpfützler. »Es ist oben in dieser Wand, in die ich hineingerannt bin. Wie wäre es denn, Jill, wenn du auf meine Schultern klettern und versuchen würdest hinaufzukommen?«

Jill verschwindet

Trotz des entfernten Lichtflecks war es dort, wo sie standen, völlig dunkel. So konnten die anderen Jills Bemühungen, auf den Rücken des Moorwacklers zu klettern, lediglich hören und nicht sehen. Sie hörten ihn sagen: »Du brauchst mir nicht den Finger ins Auge und auch nicht den Fuß in den Mund zu stecken« und »Ja, so geht es bes-

ser« und »So, jetzt halte ich deine Beine fest, dann kannst du dich mit den Armen an der Wand abstützen.«
Dann schauten sie nach oben und sahen Jills Hände, die sich schwarz vor dem Lichtfleck abhoben.
»Was ist?« riefen sie besorgt hinauf.
»Es ist ein Loch«, erklang Jills Stimme. »Ich könnte durchklettern, wenn ich ein bißchen höher hinaufkäme.«
»Was sieht man durch die Öffnung?« wollte Eustachius wissen.
»Nicht viel«, entgegnete Jill. »Trauerpfützler, laß meine Beine los, damit ich mich auf deine Schultern stellen kann, anstatt nur darauf zu sitzen. Ich kann mich am Rand der Öffnung festhalten.«
Die anderen hörten eine Bewegung, und dann sah man, wie sich ihre Gestalt vor dem Dämmerlicht der Öffnung aufrichtete; tatsächlich sah man sie jetzt vom Kopf bis zur Taille.
»Alles in . . .« setzte Jill an, doch dann brach sie plötzlich ab und stieß einen Schrei aus; aber es war kein lauter Schrei. Es klang eher so, als hätte man ihr den Mund zugehalten oder ihr etwas hineingestopft. Danach schien sie zu rufen, so laut sie es vermochte, aber man konnte sie nicht verstehen. Dann geschahen zwei Dinge gleichzeitig. Der Lichtfleck war eine Sekunde lang oder zwei völlig verdeckt. Sie hörten Scharren und so etwas wie ein Handgemenge, und dann keuchte der Moorwackler:
»Rasch! Hilfe! Haltet ihre Beine fest! Jemand scheint an ihr zu ziehen! Da! Nein, hier! Zu spät!«
Die Öffnung und das hereinfallende kalte Licht waren wieder klar zu sehen. Jill war verschwunden.
»Jill! Jill!« schrien die drei verzweifelt, doch Jill antwortete nicht.
»Warum, zum Teufel, hast du denn ihre Füße nicht festgehalten?« fragte Eustachius.
»Ich weiß nicht, Eustachius«, stöhnte Trauerpfützler. »Ich bin zum Unglücksraben geboren – sollte mich nicht wundern. Es war mir vom Schicksal vorbestimmt, die Schuld an Jills Tod zu tragen, so, wie es mir vorherbestimmt war, in Harfang von einem sprechenden Hirsch zu essen. Das heißt natürlich nicht, daß ich selbst keine Schuld daran trage.«
»Keine größere Schande und kein größerer Kummer konnten uns treffen!« rief der Prinz. »Wir haben eine mutige Dame in die Hand von Feinden geschickt, während wir in Sicherheit sind.«
»Malt es nicht *zu* schwarz, Prinz«, sagte Trauerpfützler. »Unsere einzige Sicherheit ist die, daß wir in dem Loch verhungern werden.«

»Ich frage mich, ob ich wohl dünn genug bin, um ebenfalls durch die Öffnung zu kriechen«, sagte Eustachius.

Mit Jill war folgendes geschehen. Als sie ihren Kopf durch das Loch steckte, stellte sie fest, daß sie wie aus einem Fenster in einem höheren Stockwerk von oben hinunterschaute und nicht wie bei einer Falltür von unten nach oben. Sie hatte so lange im Dunkeln zugebracht, daß ihre Augen zuerst nicht registrierten, was sie sahen; sie erkannte lediglich, daß sie nicht auf die helle und sonnige Welt hinunterschaute, nach der sie sich gesehnt hatte. Die Luft schien eiskalt zu sein, und das Licht war fahl und bläulich. Außerdem hörte sie viele Geräusche, und zahlreiche weiße Dinger flogen in der Luft umher. Zu diesem Zeitpunkt hatte sie zu Trauerpfützler hinuntergerufen, sie wolle sich auf seine Schultern stellen.

Nachdem sie das getan hatte, konnte sie viel besser hören und sehen. Jetzt konnte sie zweierlei Geräusche unterscheiden: ein rhythmisches Stampfen von vielen Füßen, und daneben erklang Musik, die von vier Fiedeln, drei Flöten und einer Trommel herrührte. Jetzt konnte Jill auch erkennen, wo sie sich befand. Sie blickte durch ein Loch in einer steilen Böschung, die sich nach unten senkte und etwa fünf Meter unter ihr flach auslief. Alles war sehr weiß. Viele Gestalten bewegten sich hin und her. Dann schrie sie auf. Es waren schmucke kleine Faune und Dryaden mit wallendem und mit Blätterkränzen geschmücktem Haar. Einen Augenblick lang sah es so aus, als bewegten sich die Gestalten ganz ungeordnet; doch dann sah Jill, daß sie in Wirklichkeit einen Tanz aufführten – einen Tanz mit so vielen komplizierten Schritten und Figuren, daß man eine Weile brauchte, um ihn zu verstehen. Dann wurde Jill schlagartig klar, daß das fahle, bläuliche Licht das Mondlicht war, und das weiße Zeug am Boden war Schnee. Natürlich! Über ihr, am dunklen, frostigen Himmel, standen die Sterne und blickten herab. Und die hohen schwarzen Dinger hinter den Tänzern waren Bäume. Sie hatten also schließlich und endlich nicht nur zur Oberwelt zurückgefunden, sondern sie befanden sich auch noch im Herzen Narnias. Jill hatte das Gefühl, sie müsse vor Freude ohnmächtig werden; und die Musik – die wilde Musik, ungeheuer süß und doch ein ganz kleines bißchen unheimlich und erfüllt von einem guten Zauber, wie das Geklimpere der Hexe von bösem Zauber erfüllt gewesen war – verstärkte dieses Gefühl noch.

Es nimmt ziemlich viel Zeit in Anspruch, all dies zu beschreiben, aber natürlich dauerte es nur einen Augenblick, es aufzunehmen. Jill drehte sich um und wollte den anderen zurufen: »Alles in Ordnung. Wir sind draußen, wir haben es geschafft!« Aber sie kam nur bis »Alles in«. Und das kam so: Eine Reihe von Zwergen in ihren besten Kleidern (die meisten von ihnen trugen scharlachrote Gewänder mit pelzgefütterten Kapuzen und goldenen Quasten und große, pelzbesetzte Überziehstiefel) umkreisten die Tänzer. Dabei warfen sie unentwegt Schneebälle. (Das waren die weißen Dinger, die Jill durch die Luft hatte fliegen sehen.) Jedoch warfen sie die Schneebälle nicht nach den Tänzern, wie alberne Jungen dies vielleicht getan hätten. Nein, sie warfen sie ganz und gar auf die Musik abgestimmt und so perfekt gezielt zwischen den Tänzern hindurch, daß keiner der Tänzer getroffen wurde, wenn alle im richtigen Moment an der richtigen Stelle waren. Man nennt diesen Tanz den großen Schneetanz, und er findet jedes Jahr in der ersten Mondnacht nach dem ersten Schnee in Narnia statt. Natürlich ist es nicht nur ein Tanz, sondern auch ein Spiel, denn immer wieder einmal irrt sich einer der Tänzer ein ganz klein wenig, und dann bekommt er einen Schneeball ins Gesicht, und alle lachen. Aber eine gute Mannschaft von Tänzern, Zwergen und Musikern schafft es stundenlang, ohne daß einer getroffen wird. In schönen Nächten, wenn ihnen Kälte und Trommelschläge, Eulenrufe und Mondlicht in ihr wildes Waldblut gedrungen sind und es noch wilder gemacht haben, tanzen sie bis zum Morgengrauen. Ich wollte, ihr könntet es selbst einmal sehen.

Was Jill zum Verstummen gebracht hatte, als sie gerade bei »Alles in« angekommen war, war natürlich nur ein schöner, dicker Schneeball gewesen, den ein Zwerg auf der anderen Seite zwischen den Tänzern hindurchgeworfen hatte und der genau auf ihrem Mund gelandet war. Es machte ihr ganz und gar nichts aus; in diesem Moment hätten ihr selbst zwanzig Schneebälle nicht die Laune verdorben. Aber so glücklich man auch sein mag – mit einem Schneeball im Mund kann man nicht reden. Und als sie nach langem Prusten und Spucken wieder reden konnte, vergaß sie in ihrer Aufregung ganz, daß die anderen hinter ihr in der Dunkelheit noch immer keine Ahnung von den guten Neuigkeiten hatten. Sie reckte sich so weit wie möglich aus dem Loch und rief den Tänzern zu:

»Hilfe! Hilfe! Wir sind im Berg eingeschlossen! Kommt und grabt uns aus!«

Die Narnianen, die das kleine Loch im Hügel gar nicht gesehen hatten, waren natürlich sehr überrascht und schauten nach allen Seiten um sich, bevor sie merkten, woher die Stimme kam. Aber als sie Jill entdeckt hatten, rannten sie alle herbei, und so viele von ihnen wie möglich kletterten die Böschung hinauf, und dann streckten sich Jill ein Dutzend Hände oder mehr entgegen, um ihr zu helfen. Und Jill griff danach, kroch aus dem Loch heraus und rutschte mit dem Kopf voraus die Böschung hinunter. Dann stand sie auf und sagte:

»Oh, ihr müßt die anderen ausgraben. Außer den Pferden sind noch drei da unten. Und einer davon ist Prinz Rilian.«

Sie wurde inzwischen scharenweise umringt, denn außer den Tänzern kamen noch alle möglichen Lebewesen angerannt, die dem Tanz zugeschaut hatten und die Jill nicht gleich gesehen hatte. Zwischen den Bäumen kamen massenhaft Eichhörnchen und Eulen hervor. Igel kamen angewackelt, so schnell ihre kurzen Beine sie trugen. Bären und Dachse folgten etwas langsamer. Ein großer Panther, dessen Schwanz aufgeregt zuckte, gesellte sich als letzter dazu.

Sobald sie verstanden hatten, was Jill da sagte, wurden alle aktiv. »Wir brauchen Hacken und Schaufeln, Jungs! Hacken und Schaufeln! Wir holen Werkzeuge!« riefen die Zwerge und rannten mit Höchstgeschwindigkeit in den Wald davon. »Weckt ein paar Maulwürfe, die sind genau die richtigen zum Graben. Sie sind genauso gut wie Zwerge«, sagte eine Stimme. »Was hat sie da über Prinz Rilian gesagt?« erklang eine zweite. »Pst!« sagte der Panther. »Das arme Kind ist verrückt geworden. Das ist ja auch kein Wunder, wenn sie sich im Berg verirrt hat. Sie weiß nicht, was sie sagt.«

»Ganz recht«, meinte ein alter Bär. »Sie hat gesagt, Prinz Rilian sei ein Pferd!« – »Nein, das hat sie nicht gesagt«, widersprach ein Eichhörnchen keck. »Doch, das hat sie«, meinte ein zweites Eichhörnchen noch kecker.

»Es stimmt. Seid n-n-nicht so albern«, sagte Jill. Sie stotterte, weil ihre Zähne vor Kälte klapperten.

Sofort warf eine Dryade einen Pelzmantel um sie, den ein Zwerg fallen gelassen hatte, als er losgerannt war, um Bergwerksgeräte zu holen, und ein zuvorkommender Faun trottete zu einer Höhle unter den Bäumen, in der Jill ein Feuer flackern sah, um ihr von dort etwas Heißes zu trinken zu holen. Aber bevor das Getränk ankam, kehrten die Zwerge mit Spaten und Hacken zurück und rannten die Böschung hinauf. Dann hörte Jill Rufe: »He! Was machst du? Nimm das Schwert weg!« und »Nein, Kleiner, das solltest du nicht tun!« und »Der ist ganz schön bösartig, was?« Jill wußte nicht, ob sie lachen oder weinen sollte, als sie sah, daß in dem schwarzen Loch Eustachius aufgetaucht war, mit blassem und schmutzigem Gesicht, in der rechten Hand das Schwert, das er gegen jeden schwang, der sich ihm näherte.

Denn natürlich hatte Eustachius die letzten paar Minuten ganz anders verbracht als Jill. Er hatte Jills Aufschrei gehört und hatte gesehen, wie sie ins Ungewisse verschwunden war. Wie der Prinz und Trauerpfützler hatte auch er gedacht, sie sei Feinden in die Hand gefallen. Von unten sah er nicht, daß das fahle, bläuliche Licht Mondlicht war. Er dachte, das Loch müsse in eine weitere, von geisterhaftem Licht erhellte und von Gott weiß was für bösen Geschöpfen der Unterwelt bevölkerte Höhle münden. Als er deshalb Trauerpfützler überredet hatte, ihn auf seinen Rücken steigen zu lassen, und als er sein Schwert gezogen und den Kopf durch das Loch gesteckt hatte, war dies in Wirklichkeit eine sehr mutige Tat gewesen. Die anderen beiden hätten den Anfang gemacht, wenn dies möglich gewesen wäre, aber für sie war das Loch zu klein. Eustachius war ein wenig stämmiger als Jill (und viel ungeschickter), und als er durch das Loch schaute, stieß er sich oben den Kopf an, worauf eine kleine Schneelawine auf sein Gesicht herunterfiel. Als er nun wieder sehen konnte und entdeckte, daß Dutzende von Gestalten auf ihn zugerannt kamen, war es nicht weiter verwunderlich, daß er versuchte, sie abzuwehren.

»Hör auf, Eustachius, hör auf!« rief Jill. »Es sind Freunde! Verstehst du nicht? Wir sind in Narnia. Jetzt ist alles gut.«

Da begriff er und entschuldigte sich bei den Zwergen (und die Zwerge sagten, es sei nicht der Rede wert). Und unzählige dicke, haarige, zwergige Hände halfen ihm heraus, wie sie vor wenigen Minuten Jill herausgeholfen hatten. Dann kletterte Jill die Böschung empor, steckte den Kopf in das dunkle Loch und verkündete den beiden Eingeschlossenen die gute Nachricht. Als sie damit fertig war, hörte sie Trauerpfützler brummen: »Oh, die arme Jill. Dieses letzte Erlebnis war zuviel für sie. Würde mich nicht wundern, wenn sie den Verstand verloren hätte. Sie fängt an, Dinge zu sehen, die es gar nicht gibt.«

Jill und Eustachius schüttelten sich die Hände und atmeten tief die freie, mitternächtliche Luft ein. Für Eustachius wurde ein warmer Umhang gebracht, und beide Kinder bekamen etwas Heißes zu trinken. Während sie tranken, hatten die Zwerge schon auf einer großen Fläche an der Böschung um das Loch herum den ganzen Schnee und die Grasnabe entfernt, und nun bewegten sich die Hacken und die Spaten genauso munter wie zehn Minuten zuvor die Füße der Faune und Dryaden beim Tanz. Nur zehn Minuten waren vergangen! Und doch kam es Jill und Eustachius so vor, als wären all die Gefahren der dunklen, heißen und stickigen Unterwelt nur ein Traum gewesen. Hier draußen in der Kälte, mit dem Mond und den riesigen Sternen über ihnen (narnianische Sterne liegen näher als die Sterne unserer Welt) und umgeben von freundlichen, fröhlichen Gesichtern, fiel es schwer, an Unterland zu glauben.

Noch bevor sie ihre heißen Getränke getrunken hatten, kamen etwa ein Dutzend eben erst erwachte und noch sehr müde und wenig begeisterte Maulwürfe an. Doch sobald sie verstanden hatten, worum es ging, machten sie sich tatkräftig an die Arbeit. Selbst die Faune machten sich nützlich, indem sie die Erde in kleinen Schubkarren wegbrachten. Die Eichhörnchen tänzelten und hüpften aufgeregt hin und her, obwohl es Jill nicht klar wurde, was sie eigentlich zu tun glaubten. Die Eulen und die Bären begnügten sich damit, Ratschläge zu erteilen, und fragten die Kinder unaufhörlich, ob sie nicht in die Höhle kommen wollten (dorthin, wo Jill vorher das Feuer gesehen hatte), um sich aufzuwärmen und etwas zu essen. Aber die Kinder wollten unbedingt erst die Befreiung ihrer Freunde miterleben.

In unserer Welt gibt es keinen, der sich bei dieser Arbeit mit den Zwergen und den sprechenden Maulwürfen von Narnia messen könnte, aber natürlich halten die Zwerge und die Maulwürfe so etwas nicht für Arbeit. Sie graben furchtbar gerne. Es dauerte deshalb nicht sehr lange, bis sie eine große, schwarze Öffnung in den Hügel gegraben hatten. Und nun trat aus der Dunkelheit zuerst die große, langbeinige, spitzhütige Gestalt des Moorwacklers, und dann folgte Rilian, der Prinz selbst, mit den beiden Pferden. Hätte man sie nicht schon erwartet, wäre ihr Auftauchen ziemlich furchterregend gewesen.

Als Trauerpfützler herauskam, erschallten aus allen Richtungen Rufe: »Oh, es ist ein Wackler – ach du liebe Güte, es ist der alte Trauerpfützler – der alte Trauerpfützler aus den östlichen Sümpfen – was hast du nur getrieben, Trauerpfützler? – Suchtrupps sind nach dir ausgesandt worden – Lord Trumpkin hat Aufrufe aushängen lassen – man hat eine Belohnung ausgesetzt!« Doch innerhalb einer Sekunde verstummten alle, und das Geschrei wich einer Totenstille, genauso, wie in einem lauten Schlafsaal alles verstummt, wenn der Schulleiter die Tür öffnet. Denn jetzt erblickten sie den Prinzen.

Keiner bezweifelte auch nur eine Sekunde lang, daß er es war. Viele von den Tieren, den Dryaden, Zwergen und Faunen erinnerten sich noch an ihr aus den Tagen vor seiner Verzauberung. Es gab auch ein paar Alte unter ihnen, die noch wußten, wie sein Vater, König Kaspian, als junger Mann ausgesehen hatte, und sie entdeckten die Ähnlichkeit. Aber ich glaube, sie hätten ihn so oder so erkannt. Zwar war er blaß von der langen Gefangenschaft in den Landen der Tiefe, war schwarz gekleidet, staubig, ungepflegt und müde, doch in seinem Gesicht und in seiner Haltung war etwas, was keiner übersehen konnte. Dieses Besondere zeichnete alle wahren Könige von Narnia aus, die durch den Willen Aslans regieren und in Feeneden auf dem Thron König Peters des Prächtigen sitzen. Sofort entblößte jeder das Haupt und beugte das Knie; und einen Augenblick später gab es ein Jubelgeschrei, Freudensprünge und ein Händeschütteln (und alle küßten und umarmten einander), daß Jill die Tränen in die Augen stiegen. All die Mühen und Gefahren bei ihrer Suche nach dem Prinzen hatten sich gelohnt.

»Mit Verlaub, Eure Hoheit«, sagte der Älteste der Zwerge, »in jener Höhle dort wird ein bescheidenes Mahl angerichtet, das nach dem Schneetanz serviert werden sollte . . .«

»Wohlan, Vater«, sagte der Prinz. »Noch niemals hat ein Prinz, ein Ritter, ein Herr oder ein Bär einen solchen Appetit gehabt wie wir vier Wanderer zu dieser nächtlichen Stunde.«

Die ganze Gruppe setzte sich in Bewegung, und Jill hörte, wie Trauerpfützler zu einigen, die ihn mit Fragen bestürmten, sagte: »Nein, nein. Meine Geschichte kann warten. Mir ist nichts Besonderes zugestoßen. Ich will die hiesigen Neuigkeiten hören. Versucht nicht, mir die Katastrophen nach und nach beizubringen, ich erfahre lieber gleich alles auf einmal. Hat der König Schiffbruch erlitten? Gab es Waldbrände? Gibt es Krieg an den Grenzen von Kalormen? Sicher sind auch ein paar Drachen eingefallen, was?« Und alle lachten laut und sagten: »Ist das nicht typisch Moorwackler?«

Die beiden Kinder brachen vor Müdigkeit und Hunger fast zusammen, aber die mollige Wärme in der Höhle und der Anblick der Höhle selbst, wo der Feuerschein an den Wänden und den Schränken, auf den Tassen, den Untertassen, den Tellern und auf dem glatten Steinfußboden tanzte wie in einer Bauernküche, belebte sie ein wenig. Trotzdem schliefen sie schon ein, noch bevor sie mit dem Essen fertig waren. Und während sie schliefen, besprach der Prinz Rilian das hinter ihm liegende Abenteuer mit den älteren und weiseren Tieren und Zwergen. Und jetzt begriffen alle, wie es zugegangen war: daß eine böse Hexe (ohne Zweifel von der gleichen Art wie die weiße Hexe, die vor langer Zeit den großen Winter über Narnia gebracht hatte) das Ganze geplant hatte, indem sie erst Rilians Mutter getötet und ihn dann verzaubert hatte. Und sie erfuhren, wie diese Hexe sich bis nach Narnia vorgegraben hatte, um hier einzufallen und das Land durch Rilian zu regieren; und daß er nie daran gedacht hätte, daß eben dieses Land, in dem sie ihn als König eingesetzt hätte (dem Namen nach als König, doch in Wirklichkeit als ihr Sklave), sein eigenes Land war. Und durch die Rolle der Kinder in der Geschichte erfuhren sie, daß diese Hexe mit den gefährlichen Riesen von Harfang unter einer Decke steckte. »Und die Moral von der Geschichte, Eure Hoheit«, sagte der Zwergenälteste, »ist, daß diese Hexen aus dem Norden immer das gleiche bezwecken, nur gehen sie in jedem Zeitalter nach einem anderen Plan vor, um es zu erreichen.«

Alle Wunden werden geheilt

Als Jill am nächsten Morgen in der Höhle erwachte, dachte sie einen entsetzlichen Augenblick lang, sie befände sich wieder in der Unterwelt. Aber als sie merkte, daß sie auf einem Bett aus Heidekraut lag, zugedeckt mit einem Pelzmantel, und als sie ein munter knisterndes (weil eben erst angefachtes) Feuer in einem steinernen Kamin sah und etwas weiter entfernt das Licht der Morgensonne, das durch die Höhlenöffnung hereinfiel, da erinnerte sie sich wieder an alles. Mit allen anderen in der Höhle zusammengepfercht, hatten sie ein herrliches nächtliches Mahl genossen, obwohl sie noch vor dem Ende des Mahls furchtbar müde geworden waren. Sie erinnerte sich vage an Zwerge, die mit Bratpfannen um das Feuer gestanden hatten, die fast größer waren als sie selbst, an das Brutzeln und den köstlichen Duft gebratener Würstchen, und an mehr und immer noch mehr Würstchen. Und es waren auch keine von diesen schrecklichen Würstchen, die zur Hälfte aus Mehl und Sojabohnen bestehen, sondern sie waren durch und durch aus Fleisch, kräftig gewürzt, prall, heiß, aufgeplatzt und ein ganz klein wenig verbrannt. Und dazu gab es große Becher mit schaumiger Schokolade, gebratene Kartoffeln und Kastanien, Bratäpfel, ausgehöhlt und mit Rosinen gefüllt, und dann, zur Erfrischung nach all den heißen Sachen, Eiskrem.

Jill setzte sich auf und schaute um sich. Trauerpfützler und Eustachius lagen nicht weit von ihr und schliefen noch.

»He, ihr zwei!« rief Jill mit lauter Stimme. »Wollt ihr nicht endlich aufstehen?«
»Ruh, Ruh!« sagte eine dunkle verschlafene Stimme über ihr. »Zeit zum Schlafengehen. Mach auch du die Augen zu. Tu-huu!«
»O je, ich glaube fast«, sagte Jill und sah zu einem flaumigen weißen Federbüschel hinauf, das oben auf einer Standuhr in einer Ecke der Höhle saß. »Ich glaube fast, das ist Glimmfeder!«
»So ist es, du!« gurrte die Eule. Dabei schob sie ihren Kopf unter dem Flügel hervor und öffnete ein Auge. »Ich traf etwa um zwei Uhr mit einer Nachricht für den Prinzen ein. Die Eichhörnchen hatten uns die gute Neuigkeit übermittelt. Eine Nachricht für den Prinzen. Er ist weg. Ihr sollt nachkommen. Einen schönen Tag noch . . .« Und damit verschwand der Kopf wieder.
Da keine Hoffnung zu bestehen schien, von der Eule noch mehr zu erfahren, stand Jill auf und begann sich nach einer Waschgelegenheit und nach einem Frühstück umzuschauen. Doch gleich kam ein kleiner Faun in die Höhle getrottet. Seine ziegenartigen Füße machten auf dem Steinfußboden laut klick-klack.
»Ah! Du bist endlich aufgewacht, Tochter Evas!« sagte er. »Vielleicht solltest du den Sohn Adams aufwecken. Ihr müßt in ein paar Minuten aufbrechen, zwei Zentauren haben freundlicherweise angeboten, euch auf ihrem Rücken hinunter nach Feeneden zu tragen.« Er fügte mit leiserer Stimme hinzu: »Sicher ist dir klar, daß es eine ganz besondere und niedagewesene Ehre ist, auf einem Zentauren zu reiten. Ihr dürft sie nicht warten lassen.«
»Wo ist der Prinz?« fragten Trauerpfützler und Eustachius als erstes, nachdem man sie aufgeweckt hatte.
»Er hat sich aufgemacht, um seinen Vater, den König, in Feeneden zu begrüßen«, antwortete der Faun, dessen Name Goldrenner war. »Das Schiff Seiner Majestät wird jeden Augenblick im Hafen erwartet. Anscheinend hat der König gleich zu Beginn seiner Reise Aslan getroffen – ob im Traum oder von Angesicht zu Angesicht, weiß ich nicht –, und Aslan schickte ihn zurück und sagte ihm, er fände bei seiner Rückkehr seinen lange verschollenen Sohn in Narnia vor.«
Eustachius war inzwischen aufgestanden und machte sich mit Jill zusammen daran, Goldrenner bei der Bereitung des Frühstücks zu helfen. Trauerpfützler wurde befohlen, im Bett zu bleiben. Ein Zentaur namens Wolkengeburt, ein berühmter Heiler oder (wie Goldrenner ihn nannte) ein »Arzt«, traf ein, um sich seinen verbrannten Fuß anzusehen.

»Ah«, sagte Trauerpfützler in einem Tonfall, den man fast zufrieden nennen konnte. »Er will mir sicher das Bein amputieren, sollte mich nicht wundern. Ihr werdet schon sehen.« Aber er blieb recht gern im Bett.

Zum Frühstück gab es Rühreier und Toast, und Eustachius fiel darüber her, als hätte er seit Wochen nichts zu sich genommen.

»Sohn Adams«, sagte der Faun und schaute fast ehrfürchtig zu, wie Eustachius riesige Bissen hinunterschluckte. »*So* sehr braucht ihr euch auch wieder nicht zu beeilen. Ich glaube nicht, daß die Zentauren mit *ihrem* Frühstück schon fertig sind.«

»Dann müssen sie aber sehr spät aufgestanden sein«, meinte Eustachius. »Ich wette, es ist schon nach zehn.«

»O nein!« widersprach Goldrenner. »Sie sind schon vor dem Hellwerden aufgestanden.«

»Dann müssen sie aber ewig lange mit dem Frühstück gewartet haben«, sagte Eustachius.

»Nein, das haben sie nicht«, sagte Goldrenner. »Sie haben sofort nach dem Aufwachen angefangen.«

»Meine Güte!« rief Eustachius. »Essen sie so ein großes Frühstück?«

»Verstehst du denn nicht, Sohn Adams? Ein Zentaur hat zwei Mägen, einen Menschenmagen und einen Pferdemagen. Und natürlich wollen beide ein Frühstück. Also ißt er zuerst einmal Porridge und gebratene Eier mit Speck und ein Omelett und kalten Schinken und Toast und Marmelade, und dazu trinkt er Kaffee und Bier. Danach widmet er sich seinem Pferdemagen, weidet eine Stunde oder so und schließt dann das Mahl mit einem Eimer Wasser, etwas Hafer und einem Sack Zucker ab. Aus diesem Grund ist es so eine komplizierte Sache, einen Zentauren übers Wochenende einzuladen. Wirklich eine komplizierte Sache.«

In diesem Augenblick hörte man Pferdehufe gegen den Felsen am Höhleneingang klopfen. Die Kinder schauten auf. Die beiden Zentauren standen wartend da, senkten den Kopf ein wenig und schauten in die Höhle herein. Dem einen hing ein schwarzer und dem anderen ein goldener Bart über die stattliche, unbekleidete Brust. Die Kinder grüßten sehr höflich und beendeten rasch ihr Frühstück. Keiner, der einen Zentauren sieht, findet diesen komisch. Zentauren sind feierliche, majestätische Geschöpfe, voll alter Weisheiten, die sie von den Sternen lernen, und es ist nicht einfach, sie zum Lachen zu bringen oder ihnen Angst einzujagen; aber ihr Zorn ist schrecklich wie eine Flutwelle, wenn er erst einmal da ist.

»Leb wohl, lieber Trauerpfützler«, sagte Jill und ging hinüber zum Bett des Moorwacklers. »Es tut mir leid, daß wir dich einen Miesmacher genannt haben.«
»Mir auch«, sagte Eustachius. »Du warst der beste Freund, den man sich denken kann.«
»Und ich hoffe, daß wir uns wiedersehen werden«, fügte Jill hinzu.
»Das ist recht unwahrscheinlich, nehme ich an«, entgegnete Trauerpfützler. »Ich glaube auch nicht, daß ich meinen alten Wigwam jemals wiedersehen werde. Und dieser Prinz ist zwar ein netter Kerl, aber glaubt ihr, daß er sehr kräftig ist? Sicher ist seine Gesundheit von der langen Gefangenschaft unter der Erde ruiniert – sollte mich nicht wundern. Er sieht so aus, als könne es jeden Tag mit ihm zu Ende gehen.«
»Trauerpfützler«, sagte Jill. »Du bist wirklich ein furchtbarer Schwindler. Du hörst dich so traurig an wie ein Totengräber, und dabei glaube ich, daß du vollkommen glücklich bist. Und du redest, als wärst du ein Hasenfuß, dabei bist du so mutig wie ein – wie ein Löwe.«
»Nun, da wir gerade von Beerdigungen reden ...« begann Trauerpfützler. Doch Jill, die hörte, wie die Zentauren hinter ihr mit den Hufen klopften, bereitete ihm eine große Überraschung. Sie warf die Arme um seinen Hals und küßte sein schlammgraues Gesicht, während Eustachius ihm die Hand schüttelte. Dann rannten die beiden Kinder zu den Zentauren. Der Moorwackler ließ sich auf sein Bett zurücksinken und meinte: »Also so was! Daß sie das tut, hätte ich mir nie träumen lassen, obwohl ich ja wirklich ein gutaussehender Kerl bin.«
Ein Ritt auf dem Rücken eines Zentauren ist zweifellos eine große Ehre (und außer Jill und Eustachius lebt in unserer heutigen Welt wohl keiner, dem diese Ehre je zuteil wurde), aber so ein Ritt ist sehr unbequem. Denn keiner, dem sein Leben lieb ist, würde es wagen, einem Zentauren einen Sattel anzulegen, und ohne Sattel zu reiten ist kein Honiglecken, vor allem, wenn man – wie Eustachius – überhaupt nicht reiten kann. Auf eine feierliche, wohlwollende Art und Weise sind Zentauren sehr entgegenkommend, und während sie durch die narnianischen Wälder galoppierten, erzählten sie den Kindern (ohne den Kopf umzuwenden) von den Eigenschaften der Kräuter und Wurzeln, dem Einfluß der Planeten, den neun Namen Aslans und ihrer Bedeutung und ähnlichen Sachen. Aber so wund und durchgerüttelt die beiden Menschenkinder anschließend waren, heute gäben sie alles dafür, diese Reise noch einmal erleben zu dürfen: die Schnei-

sen und Hänge noch einmal zu sehen, funkelnd vom Schnee der letzten Nacht, den Kaninchen und Eichhörnchen und Vögeln noch einmal zu begegnen, die ihnen einen guten Morgen wünschten, noch einmal narnianische Luft zu atmen und die Stimmen der narnianischen Bäume zu hören. Sie kamen weit unterhalb der letzten Brücke (die in dem behaglichen, rotgedeckten Städtchen Beruna liegt) zum Fluß hinunter, der im winterlichen Sonnenschein hell und blau dahinfloß. Sie wurden in einer flachen Barke vom Fährmann übergesetzt. Danach ritten sie am südlichen Ufer des Flusses entlang und kamen schon bald in Feeneden an. Und bei ihrer Ankunft sahen sie dasselbe leuchtende Schiff wie damals, als sie zum ersten Mal den Fuß auf Narnia gesetzt hatten, wie einen riesigen Vogel den Fluß hinaufgleiten. Wieder war der ganze Hofstaat auf der Grünfläche zwischen Schloß und Kai versammelt, um König Kaspian zu Hause willkommen zu heißen.

Rilian, der seine schwarze Kleidung abgelegt hatte und jetzt einen scharlachroten Umhang über einer silbernen Rüstung trug, stand barhäuptig nahe am Rand des Wassers, um seinen Vater in Empfang zu nehmen; und der Zwerg Trumpkin saß neben ihm in seinem kleinen Eselskarren. Die Kinder sahen, daß es keine Möglichkeit gab, durch die riesige Menge zum Prinzen vorzustoßen, und sowieso waren sie ihm gegenüber jetzt ein wenig befangen. So fragten sie die Zentauren, ob sie noch ein wenig auf ihren Rücken sitzen bleiben dürften, um so über die Köpfe der Höflinge hinweg alles zu sehen. Und die Zentauren gestatteten es ihnen.

Vom Deck des Schiffes schallte ein Tusch aus silbernen Trompeten über das Wasser. Die Seeleute warfen ein Tau, Ratten (sprechende Ratten natürlich) banden es an Land fest; und dann wurde das Schiff hereingezogen. Musiker, die irgendwo in der Menge versteckt standen, begannen einen feierlichen Triumphmarsch zu spielen. Und schon bald wurde die Königsgallone angelegt, und die Ratten rannten den Laufsteg hinauf an Bord.

Jill hatte gedacht, der König würde gleich über den Laufsteg herunterkommen. Aber irgend etwas schien nicht zu stimmen. Ein blaßgesichtiger Lord kam an Land und verbeugte sich vor dem Prinzen und vor Trumpkin. Die drei steckten die Köpfe zusammen und tuschelten miteinander. Die Musik spielte weiter, aber man spürte, daß alle unruhig wurden. Dann erschienen vier Ritter an Bord, die eine Last trugen und sehr langsam gingen. Als sie den Laufsteg herunterkamen, konnte man erkennen, was sie da trugen: es war der alte König, der sehr blaß und regungslos auf einem Bett lag. Sie stellten ihn ab. Der Prinz kniete sich neben ihm nieder und umarmte ihn. Man konnte sehen, wie König Kaspian die Hand hob, um seinen Sohn zu segnen. Und alle jubelten, doch es war nur ein halbherziges Jubeln, denn alle spürten, daß irgend etwas nicht in Ordnung war. Dann fiel der Kopf des Königs plötzlich zurück auf das Kissen, die Musik brach ab, und es herrschte Totenstille. Der Prinz, der noch immer am Bett des Königs kniete, legte seinen Kopf darauf und weinte.

Geflüster und eine allgemeine Unruhe kamen auf. Dann sah Jill, daß alle, die einen Hut, eine Mütze, einen Helm und eine Kapuze trugen, den Kopf entblößten (auch Eustachius). Dann hörte sie ein knisterndes und flatterndes Geräusch über dem Schloß; und als sie aufschaute, sah sie, daß die große Fahne mit dem goldenen Löwen darauf auf halbmast gesenkt wurde. Und danach hob langsam, gnadenlos und mit klagenden Saiten und untröstlichen Hörnern die Musik wieder an: und diesmal mit einer Melodie, die einem fast das Herz brach.

Jill und Eustachius glitten von den Zentauren (die keine Notiz davon nahmen).

»Ich wollte, wir wären zu Hause«, sagte Jill.

Eustachius nickte wortlos und biß sich auf die Lippen.

»Ich bin gekommen«, sagte eine tiefe Stimme hinter ihnen. Sie wandten sich um und sahen den Löwen selbst, so strahlend und so wirklich und so stark, daß alles daneben sofort blaß und schattenhaft wirkte. Und schneller, als man einen Atemzug tun kann, hatte Jill den toten König von Narnia vergessen, und sie wußte nur noch, wie Eustachius durch ihre Schuld vom Felsen in den Abgrund hinuntergefallen war und wie es ihr gelungen war, fast alle Zeichen zu verpassen, und auch all die schnippischen Antworten und Streitereien fielen ihr ein. Und sie wollte sagen: »Es tut mir leid!« doch sie konnte nicht reden. Dann zog der Löwe sie beide mit seinen Augen zu sich her, beugte sich nieder, berührte ihre blassen Gesichter mit seiner Zunge und sagte:

»Denkt nicht mehr daran. Ich werde nicht schelten. Ihr habt den Auftrag erfüllt, für den ich euch nach Narnia geschickt habe.«

»Bitte, Aslan«, sagte Jill, »dürfen wir nach Hause?«

»Ja. Ich bin gekommen, um euch nach Hause zu bringen«, sagte Aslan. Dann öffnete er weit das Maul und blies. Doch diesmal hatten sie nicht das Gefühl, durch die Luft zu fliegen; statt dessen schienen sie stillzustehen, und der mächtige Atem des Löwen blies das Schiff und den toten König und das Schloß und den Schnee und den Winterhimmel fort. Das alles flog wie Rauchwölkchen in die Luft hinauf, und plötzlich standen sie auf weichem Gras, unter mächtigen Bäumen und neben einem lieblichen frischen Bach in der strahlenden Helligkeit mittsommerlichen Sonnenscheins. Sie sahen, daß sie wieder auf dem Berg Aslans standen, weit über und weit hinter dem Ende der Welt, in der Narnia liegt. Aber eigenartigerweise klang die Totenmusik für König Kaspian immer noch fort, obwohl keiner wußte, woher sie kam. Sie gingen neben dem Bach her, und der Löwe schritt voraus: und er wurde so wunderschön, und die Musik wurde so traurig, daß Jill nicht wußte, was von beidem ihr die Tränen in die Augen trieb. Dann blieb Aslan stehen, und die Kinder schauten in den Bach. Und dort, auf dem goldenen Kies des Bachbettes, lag der tote König Kaspian, und das Wasser floß über ihn wie flüssiges Glas. Sein langer weißer Bart schlängelte sich darin wie eine Wasserpflanze. Und alle drei standen da und weinten. Selbst der Löwe weinte: er weinte große Löwentränen, jede kostbarer als die ganze Erde, bestünde sie auch aus einem einzigen, massiven Edelstein. Und Jill merkte, daß Eustachius weder wie ein weinendes Kind aussah noch wie ein weinender Junge, der seine Tränen verbergen will, sondern wie ein weinender Erwachsener. Zumindest war das die genaueste Beschreibung, die ihr einfiel: denn wie sie sagt, scheinen die Leute auf diesem Berg kein bestimmtes Alter zu haben.

»Sohn Adams«, sagte Aslan. »Geh in dieses Dickicht und brich den Dorn ab, den du dort finden wirst, und bring ihn her zu mir.«

Eustachius gehorchte. Der Dorn war fast einen halben Meter lang und so scharf wie ein Dolch.

»Stoß ihn in meine Pfote, Sohn Adams«, sagte Aslan. Er hob seine rechte Vorderpfote hoch und spreizte den großen Fußballen.

»Muß ich?« fragte Eustachius.

»Ja«, sagte Aslan.

Eustachius biß die Zähne zusammen und trieb den Dorn tief in die Pfote des Löwen. Und ein großer Blutstropfen trat hervor, röter als jedes Rot, das du je gesehen hast oder dir vorstellen kannst. Und er fiel ins Wasser, auf den toten Körper des Königs. Im gleichen Augenblick verstummte die traurige Musik. Und der tote König begann sich zu verändern. Sein weißer Bart wurde grau, dann blond, wurde immer kürzer und verschwand schließlich ganz; seine eingefallenen Wangen wurden voll und frisch, und seine Falten glätteten sich. Seine Augen öffneten sich, und sein Mund und seine Augen lachten. Und plötzlich sprang er auf und stand vor ihnen – als sehr junger Mann

oder als Junge. (Jill konnte es nicht genau sagen, weil die Leute im Lande Aslans ja kein bestimmtes Alter haben.) Und er rannte zu Aslan und warf die Arme um seinen riesigen Nacken, so weit sie nur reichen wollten, und er drückte Aslan den herzhaften Kuß eines Königs auf die Stirn, und Aslan gab ihm den herzhaften Kuß eines Löwen.
Schließlich drehte sich Kaspian zu den anderen. Er brach in lautes Gelächter der Verwunderung und der Freude aus.
»Was! Eustachius!« rief er. »Eustachius! Also hast du doch das Ende der Welt erreicht! Was ist mit meinem zweitbesten Schwert, das du an der Seeschlange zerbrochen hast?«
Eustachius streckte beide Hände aus und machte einen Schritt auf Kaspian zu, doch dann wich er mit etwas verblüfftem Gesicht zurück.
»Wie? Was?« stammelte er. »Das ist ja alles schön und gut. Aber bist du nicht . . .? Ich meine, hast du nicht . . .«
»Ach, sei doch nicht so dumm!« sagte Kaspian.
Eustachius schaute Aslan an und fragte: »Ist er nicht – hm – tot?«
»Ja«, sagte der Löwe mit sehr leiser Stimme und fast so (meinte Jill), als lache er. »Er ist gestorben. Die meisten Leute sind gestorben. Selbst ich. Es gibt sehr wenige, die nicht gestorben sind.«
»Oh«, sagte Kaspian. »Jetzt verstehe ich, was dich beunruhigt. Du meinst, ich sei ein Gespenst oder so etwas. Aber verstehst du denn nicht? Wenn ich jetzt in Narnia auftauchen würde, dann wäre ich eines: denn dort gehöre ich nicht mehr hin. Aber in seinem eigenen Land kann man kein Gespenst sein. Vielleicht wäre ich in eurer Welt eines. Ich weiß nicht. Doch ich nehme an, daß diese Welt auch nicht die eure ist, jetzt, wo ihr hier seid.«
Eine große Hoffnung stieg in den Herzen der Kinder auf. Doch Aslan schüttelte seinen struppigen Kopf. »Nein, meine Lieben«, sagte er. »Wenn ihr mich das nächste Mal hier trefft, dann seid ihr gekommen, um zu bleiben. Aber nicht jetzt. Ihr müßt noch für ein Weilchen in eure Welt zurück.«
»Herr«, sagte Kaspian. »Ich habe mir schon immer gewünscht, einmal einen Blick auf *ihre* Welt zu werfen. Ist das falsch?«
»Jetzt, wo du gestorben bist, mein Sohn, kannst du dir keine falschen Dinge mehr wünschen«, sagte Aslan. »Und du sollst ihre Welt sehen – nur fünf Minuten *ihrer* Zeit. Länger wirst du nicht brauchen, um die Dinge dort in Ordnung zu bringen.« Dann erklärte der Löwe Kaspian, wohin Jill und Eustachius zurückkehrten, und er sprach von der Experimentalschule, die er genauso gut zu kennen schien wie Jill und Eustachius.

»Tochter«, sagte Aslan zu Jill. »Pflücke eine Rute von diesem Busch.« Das tat sie; und sobald sie in ihrer Hand war, verwandelte sie sich in eine schöne, neue Reitgerte.
»Nun, Söhne Adams, zieht eure Schwerter«, sagte Aslan. »Aber benutzt nur die Breitseite, denn es sind nur Feiglinge und Kinder und keine Krieger, gegen die ich euch aussende.«
»Kommst du mit uns, Aslan?« fragte Jill.
»Sie werden nur meinen Rücken sehen«, sagte Aslan.
Er führte sie rasch durch den Wald, und schon bald tauchte vor ihnen die Mauer der Experimentalschule auf. Dann brüllte Aslan, daß die Sonne am Himmel bebte und ein hundert Meter langes Stück der Mauer vor ihnen zusammenbrach. Durch die Lücke erblickten sie das Gebüsch auf dem Schulgelände und das Dach der Turnhalle, und all das lag unter demselben trüben Herbsthimmel wie in der Stunde, als ihr Abenteuer begann. Aslan drehte sich zu Jill und Eustachius, ließ seinen Atem über sie streichen und berührte ihre Stirn mit seiner Zunge. Dann legte er sich in die Lücke in der Mauer, drehte England seinen goldenen Rücken zu und wandte sein königliches Antlitz zu seinen eigenen Ländern. Im gleichen Augenblick sah Jill, wie Gestalten durch das Lorbeergebüsch auf sie zugerannt kamen, die sie nur allzu gut kannte. Die meisten von der Bande waren dabei – Adela Pennyfeather und Cholmondely Major, Edith Winterblott, »Pickelgesicht« Scorner, der dicke Bannister und die beiden gräßlichen Garrett-Zwillinge. Doch plötzlich blieben sie stehen. Ihre Gesichter veränderten sich, und fast die ganze Niederträchtigkeit, Eingebildetheit, Verschlagenheit und Hinterlistigkeit machte einem Ausdruck des Entsetzens Platz. Denn sie sahen die eingestürzte Mauer, den in der Lücke liegenden Löwen, fast so groß wie ein junger Elefant, und die drei Gestalten in glitzender Kleidung, die mit Waffen in der Hand auf sie zugerannt kamen. Und mit der von Aslan verliehenen Kraft nahm sich Jill mit ihrer Reitgerte die Mädchen, und Eustachius und Kaspian nahmen sich mit der flachen Klinge ihrer Schwerter die Jungen vor. Und schon zwei Minuten später rannten alle wie verrückt davon und schrien: »Mörder! Supermänner! Löwen! Das ist nicht fair!« Und dann kam die Schulleiterin herausgestürzt, um zu sehen, was los war. Und als sie den Löwen und die eingestürzte Mauer und Kaspian und Jill und Eustachius sah (die sie allerdings überhaupt nicht erkannte), wurde sie hysterisch, rannte zum Haus zurück und rief die Polizei an und erzählte Geschichten von einem aus dem Zirkus ausgebrochenen Löwen, entflohenen Sträflingen, die Mauern ein-

rissen und Schwerter trugen. Mitten in diesem allgemeinen Durcheinander schlüpften Jill und Eustachius leise ins Haus, legten ihre funkelnde Kleidung ab und zogen normale Sachen an, und Kaspian kehrte in seine eigene Welt zurück. Und auf Aslans Wort hin wurde die Mauer wieder ganz. Als die Polizei ankam und keinen Löwen, keine eingestürzte Mauer und keine Sträflinge fand und die Schulleiterin sich wie eine Verrückte aufführte, wurde die ganze Angelegenheit untersucht. Und bei dieser Untersuchung kamen alle möglichen Sachen über die Experimentalschule ans Licht, und etwa zehn Leute wurden aus der Schule geworfen. Danach sahen die Freunde der Schulleiterin, daß die Schulleiterin sich nicht als Schulleiterin eignete, und so wurde sie statt dessen Schulinspektorin und nörgelte nun an anderen Schulleitern herum. Und als sich herausstellte, daß sie nicht einmal das sehr gut konnte, verschafften sie ihr einen Sitz im Parlament, wo sie von da an glücklich und zufrieden lebte.
Eustachius vergrub eines Nachts heimlich seine schönen Kleider auf dem Schulgelände, aber Jill schmuggelte ihre nach Hause und trug sie auf einem Maskenball in den nächsten Ferien. Und viele Dinge in der Experimentalschule wurden besser, und so wurde es sogar eine recht gute Schule. Und Jill und Eustachius blieben für immer Freunde.
Weit weg in Narnia begrub Prinz Rilian seinen Vater Kaspian den Seefahrer, Zehnten dieses Namens, und trauerte um ihn. Rilian war ein guter König, und das Land war glücklich unter seiner Regierung, obwohl Trauerpfützler (dessen Fuß innerhalb von drei Wochen so gut wie neu war) oft sagte, ein klarer Morgen zöge einen regnerischen Nachmittag nach sich, und man könne nicht erwarten, daß gute Zeiten dauerhaft seien. Die Öffnung im Hügel wurde offengelassen, und an heißen Sommertagen steigen die Narnianen oft mit Schiffen und Laternen hinunter zum Wasser und segeln singend auf dem kühlen, dunklen unterirdischen Meer herum und erzählen sich Geschichten über die weit unter ihnen liegenden Städte. Wenn du jemals das Glück hast, ebenfalls nach Narnia zu gelangen, darfst du nicht vergessen, dir diese Höhlen anzusehen.

Inhalt

5 Hinter der Turnhalle
13 Jill wird eine Aufgabe erteilt
21 Die Abfahrt des Königs
31 Das Eulenparlament
39 Trauerpfützler
48 Das wilde Ödland im Norden
58 Der Hügel der seltsamen Gräben
66 Das Haus Harfang
75 Etwas Wichtiges wird entdeckt
83 Reise ohne Sonnenlicht
92 Im dunklen Schloß
100 Die Königin vom Unterland
109 Unterland ohne die Königin
116 Der tiefste Punkt der Welt
125 Jill verschwindet
133 Alle Wunden werden geheilt